Ferris Wheel at Night

夜行观览车

[日] 湊佳苗·著　闫雪·译

CNS PUBLISHING & MEDIA 湖南文艺出版社 HUNAN LITERATURE AND ART PUBLISHING HOUSE 博集天卷 CS-BOOKY

图书在版编目（CIP）数据

夜行观览车 /（日）湊佳苗著；闫雪译.—长沙：湖南文艺出版社，2012.1
ISBN 978-7-5404-5196-7

Ⅰ.①夜… Ⅱ.①湊…②闫… Ⅲ.①推理小说－日本－现代
Ⅳ.①I313.45

中国版本图书馆CIP数据核字（2011）第212599号

上架建议：外国文学·长篇小说

夜行观览车

作　　者：（日）湊佳苗
译　　者：闫　雪
出 版 人：刘清华
责任编辑：丁丽丹　刘诗哲
监　　制：蔡明菲
特约策划：张应娜
特约编辑：张建霞
版权支持：李彩萍
装帧设计：利　锐
出版发行：湖南文艺出版社
（长沙市雨花区东二环一段508号 邮编：410014）
网　　址：www.hnwy.net
印　　刷：北京新华印刷有限公司
经　　销：新华书店
开　　本：880mm×1230mm　1/32
字　　数：176 千字
印　　张：9.5
版　　次：2012 年 1 月第 1 版
印　　次：2012 年 1 月第 1 次印刷
书　　号：ISBN 978-7-5404-5196-7
定　　价：32.00 元
（若有质量问题，请致电质量监督电话：010-84409925）

夜行观览车

Contents

目录

Part 1 远藤家

晚上七点四十分。

究竟为什么会变成这样?

眼前的少女名叫彩花，给她取名的是远藤真弓。

少女扯着嗓子喊叫，抓起书桌上的东西，便往地上砸去。手机、大头贴相册之类，她自己中意的东西除外。教科书，词典，笔记本……还有上个月刚买的文具盒，好像就已经用腻了。

幸亏地板上垫着毛毯，吸收掉了部分声音与撞击力。那张白底粉红心花样的毛毯，价格不菲。买它的时候，真弓下了好大的决心，不过现在看来，这钱也算值了。

这声音反倒刺激了彩花的神经，她越发觉得不解气，转而拿起东西，往墙上砸去。不过，自从大约两个月前，真弓在墙上贴了彩花喜欢的明星海报后，彩花的发泄阵地就不再往墙上转移了。

彩花瞥一眼海报，转过身来，像挤出全力一般，冲真弓大骂道："滚出去，死老太婆。"这场闹剧才总算收了场。这时，万不可因为被她骂了"死老太婆"而较真，因为比起看她喋喋不休地大发脾气，被骂上两句已算轻松至极。

自己辛苦抚养长大的孩子，为什么要对自己这般恶言相对。最初被这样骂时，真弓心里难过极了。但转念一想，这样骂也并非她本意，只是为了让这场闹剧收场，她不得不在结尾发出的痛苦悲鸣。这样一想，真弓的心也就宽了下来。

要不，写封信去咨询一下分析家庭问题的网站吧。"在墙上贴海报的方法有效。并且越不容易到手的海报越好。"连这些方法，最近真弓都开始考虑起来。

话说之所以会买这张海报，是因为彩花本打算以网上竞拍为由，不去学校上课。她说今天是拍卖截止日，自己必须守着。于是真弓只好自告奋勇，将买海报的事揽下，才说服了彩花去学校。

区区一张纸，居然要一万元。真弓年轻时，也喜欢过偶像明星，但是从未舍得为买张海报花这么多钱。

简直荒唐。可是，如果不拍下来的话——

从学校回到家的彩花得知中标后，分外兴奋。但一听价格，便咬牙切齿地大骂起来。

“再怎么贵，最多五千元[1]吧，而这个却……你不懂行情，只知道往高处抬对吧？你说你这人，在这些地方就死不认输，就爱慕虚荣。你知不知道，你那些不好的地方全都影响到我了哟。”

什么叫做不好的地方，帮她买了海报，结果完全听不到半句感谢的话。所有的钱都是真弓付的，相当于打两天零工的钱。家中房贷还有三十三年之久，加上彩花如果要报考私立中学的话，还要准备她的学费。

好在，这一万元也没白费。贴上墙后，彩花闹别扭时，再也没拿词典朝墙上扔。这么想来，一万元还算便宜的。

从那以后，真弓不知不觉也对这海报上笑容灿烂的少年——高木俊介产生了好感，成了他的粉丝。俊介出演的电视节目真弓基本都看，写真集和CD样样都买。出道不久时，俊介无论是唱歌还是演戏都比较生疏，但很快上了轨道，进步神速。这让当粉丝的真弓兴奋不已。不过，最为高兴的，还是因此跟彩花有了共同话题。

“马上要考试了吧？”“学校怎么样呀？”“快点去洗

---

[1] 本书中的钱均为日元。

澡哟。”

以前，哪怕这么随便说上几句，返回来的都只会是彩花的一阵抱怨，仿佛真弓按下了“脾气爆发键”一样。

不过，如果是有关俊介的话题，“听说俊介又演新电视剧啦。主题歌由他来唱哟，真厉害。对了，对了，这个暑假我们一起去看他的演唱会吧。”

“啊？跟老太婆一起去看，多丢人啊。不过……你如果非得要我陪你一块儿去，那也行，你得给我买衣服。”

只要有俊介，就能跟彩花这样开心地聊起来。若有机会，甚至都有给俊介写感谢信的冲动。不过，眼下最期待的还是暑假。

可是，今晚，彩花发脾气的导火线却正是俊介。

周三七点的人气电视猜谜栏目上，为了宣传即将上演的新剧，俊介也作为嘉宾参加。答题快速敏捷，毫不费力。这才得知原来俊介正就读于一所著名私立中学。坐在电视机前的真弓对此大加赞扬了一番，仅此而已。

“俊介君，真厉害，聪明伶俐。怪不得演技这么棒。台词三五下就能记住，剧情也肯定牢牢地装在脑子里。而且能歌善舞。看来，还是聪明的孩子好，学什么会什么。”

——反正，我就是考不上那种好学校。

不知哪句话触到了彩花的神经。彩花大叫一声，便冲上楼去。紧接着分不清是哭声，还是尖叫声，就开始响彻整栋房屋。想置之不理，可这样只会火上浇油。甚至有一次她冲下楼来，拿起厨房里的锅碗瓢盆往地上一阵乱砸。

真弓提着沉重的步子上了二楼，推开彩花的房门。只见已经有几本参考书被扔在了地上。

“别这样了，彩花。妈妈给你道歉。学习好不好，没关系的。”

“少拿我当傻瓜。”

彩花接二连三地抓起笔记本和教科书往地上砸去。桌上只剩下手机和大头贴相册。好，今天就到这里了——真弓刚松一口气，哪知彩花的手向墙上伸了去。

“住手！”

少年的笑脸被撕成两半。就在这一瞬间，真弓感觉整个人仿佛被一层透明的薄膜包裹了起来。全身被涂上糨糊，四肢逐渐开始僵硬……怎么回事，这是什么感觉？透过这层薄膜，真弓看到一个完全陌生的世界。

那里有一头从未见过的怪兽正在咆哮。是猴子？是猫？不，从长相上看像松鼠。只见它伸出长爪，正四处窜动。海报已被撕得粉碎，可怪兽依旧不肯罢休，将魔爪伸向了墙壁。转眼之间，墙上就出现几道爪痕。

住手。给我住手。谁损坏我的宝贝，我绝不原谅。

“叮咚”，一声尖锐的铃声传来。

是门铃。都这时间点了，会是谁呢？包裹着真弓的薄膜刷啦啦地溶解开去。

真弓走下楼，在房门口的监视器上一看，只见一个主妇笑得圆圆的大脸，原来是邻居家小岛里子站在门外，正直冲冲地凑近往里瞧。

门开了。小岛里子一身棉运动套装，肩头上斜挎着一个小挎包，黑色天鹅绒面料制成，上面镶着一枚一元硬币大小的金色亮片，真弓正看得出神，里子顺势蹿进屋来。

“这巧克力是别人送的，家里就我和老伴两人，怎么都吃不完，你能帮帮忙吗？”

说着，里子递过来一个小纸袋。真弓一看，那是非常高档的巧克力。自己只在结婚前的一次情人节咬牙买过[1]。真弓赶忙道谢，接过纸袋。可是，里子似乎依旧没有离开的意思，一双眼睛越过真弓的肩头，直直地往房间里望。

——巧克力原来是个借口。

“那个，刚才我家的声音是不是太大了，打扰到了您？其实是女儿房间里突然发现蟑螂，我们都被吓了一跳……这种事偶尔发生，而且我和女儿又都爱大惊小怪，动静大了一点儿，真不好

[1] 日本情人节是女生送男生巧克力。

意思。”

真弓滔滔不绝。只见里子伸手在面前一摆。

“哎呀，你在说什么呀？我哪有听到什么声音。都这么晚了还来打扰你，该道歉的是我才对。真对不起啦，那我先告辞了。”

里子边笑边转身出了房间。真弓关上门，长叹一声。

丢人。

彩花和自己的吵闹声，一定响彻了左邻右舍。不单今天，里子应该很早就在留意这事。她一看就是那种心地善良的家庭主妇。也许并不是好奇，而是真正地在关心我们。今天终于忍不住了，所以才找了巧克力这个借口前来一探究竟。

不，说是邻里，就一定能听到声音吗？窗外大马路上的声音虽然也偶尔传进屋来，但从没听到过隔壁小岛家的声音。难道因为只住着老夫妇俩？可是，有同龄孩子的对门高桥家，也从未传来过任何声响。不管多乖巧的孩子，到了一定年龄阶段，音乐之类都总要听吧，电视肯定也少不了。而且，别说我们家了，小岛家的房子绝不可能是那种能穿墙透音的便宜货。

看来，里子确实只是为送巧克力而来。

如果是这样，那我岂不是说了丢人的话——什么蟑螂哟。

以前住过的那种破旧公寓就算了，现在住的这栋房子三年前刚建成，根本不可能有蟑螂。哪怕真有，也肯定随即一个电话打到建筑商负责人那里投诉去了。

里子会跟谁去宣扬这事吗？

——听说远藤家里出现了蟑螂。唉，真讨厌。

真烦人。

上二楼的力气尽失，真弓回到客厅。电视和空调还大开着，真弓从装杂物的抽屉里，拿出收支簿和计算器，放在桌上。

里子已经回去了吧？

真弓将面向大街的窗户略微推开十厘米，和煦的微风轻柔地掀起薄纱窗帘。真弓将窗户全打开，又拉拢窗帘，接着关上空调，回到桌旁，一手按着计算器，一手开始往收支簿上记账。

今夜风声低吟，神清气爽。

晚上十点十分——

不知从什么地方传来了女人的尖叫声。

“住手！”

真弓看一眼电视。十点的纪实节目上，一位经历了与病魔漫长斗争的老牌影星，正在向大家讲述生命的意义，整个演播厅鸦雀无声。

“救命！”又有声音传来。

真弓看看天花板。彩花也在看电视节目吧？感觉声音有些刺耳，不过，也罢，真弓也没兴致为这点儿事特意上楼。

“来人呀！”

不对。这不是电视的声音。真弓调小电视音量。这是女人的尖叫声和摔东西的声音，从外面传来的。

真弓略微挪动腰身，从椅子上下来，低蹲在地，悄悄地往窗边移去。用食指撩起一点儿帘角，朝窗外望去。

那矮得像装饰品一样的栅栏外，是被路灯照得通明的马路，不见一个人影。

“住手！求你了！”

声音像从某建筑物内传出来的。真弓收回撩起窗帘的手。

是小偷吧？应不应该报警？可是，贸然下结论，如果弄错了，不是小偷怎么办。

难道没有其他人也听到这声音吗？都这个时间段了，各家各户应该都有人才对。对，说不定已经有人报警了。

“原谅我！”

真弓两手捂住耳朵，保持弓着腰的姿势，一声不响地从窗户边撤回，接着立刻跑出房间，冲上楼去。

打开二楼的房间，犹如揭开了冰箱盖，寒气逼人。

“不要随便进来！你又来干什么？”

散落得乱七八糟的床上，彩花正吊儿郎当地躺着看电视。她回过头来，板着一副臭脸问道。电视上正播着相声节目，声音并不算大。

“好像发生了什么严重的事哟。”

真弓关上门，压低嗓音说道。

“什么事？”彩花回应冷淡。

这么说来，这间房里听不到外面的吵闹声。不，如果集中注意力听，应该隐约能听到。

真弓拾起被扔在地毯上的遥控器，调小电视机的音量，弯下腰，小心翼翼地往窗边挪去，撩开一丝帘缝，悄悄打开窗锁，将窗户推开十厘米左右的缝隙。

“喂，你这是在干什么……”

坐起身来，正打算叫嚷的彩花也朝窗外望去。

“啊——”只听一个男人哀号般的声音传来，接着一个女人喊道：“救命！”

比在一楼时，听得更清晰响亮。

“你听吧，这不是出大事了吗？”

两人齐刷刷地盯着窗外……突然，彩花站起身来，关紧窗户。上了锁，拉严窗帘，接着调高电视音量。

“什么乱七八糟的，对门家的事情嘛，你不管不就得了？”

被彩花这么一说，真弓这才反应过来。那叫喊声就是对面高桥家主妇——高桥淳子的。

为什么没立即察觉呢？不，这不足为奇，因为这种事情闻所未闻。完全想象不出来，那个，看上去温文尔雅的太太居然会发出这样的叫声。不，这不更说明一定绝非小事吗？

“可是，如果对门家中遇到强盗怎么办？人家叫救命，街坊邻居没一人去救他们，要真出点儿什么事情……”

“没关系。那个乱叫‘啊’‘哦’的不是那家公子哥吗，想必只是跟爸妈吵架罢了。”

冷静一想，是呀，那个男人的声音，的确是高桥家儿子慎司的。但是，慎司也不像会那样叫嚷的孩子。

“不过，还是有些奇怪……”

“叫你别管了。别学那套，伸长脖子去看别人家的纠纷，丢人哟。不用你插手多管闲事，一会儿‘亮片婆’也会去的。老太婆，就是不考虑人家感受。”

“你不能这样说呀，小岛太太不是一直很关心我们吗？”

“哪有关心。那老太婆，表面笑眯眯，其实皮笑肉不笑。我看她就爱好打探人家的事。就像刚才那样。真是的，不知道她回去要宣扬什么闲话了。”

彩花抽两下鼻子，笑了笑，背过真弓去，躺下身来。

闲话……

窗户一旁的墙壁上，留有被大卸八块的海报“残骸”，粉红格子的墙纸掉了一角，白色的墙壁裸露了出来。当初买墙纸时，虽有些昂贵，但彩花喜欢，便要了它。作为条件，彩花保证以后会好好爱惜。可答应归答应，结果……

无数条爪印“飞檐走壁”……

真弓决定不再想隔壁家发出的声响。自认为出于好心，前去一探究竟，说不定反倒会伤到对方的自尊心。岂止，要是被人家说——你家不经常发生这种事吗？如果这样反而碰一鼻子灰，得不偿失。

“那你快去洗澡吧，你不是不喜欢在妈妈后面洗吗？”

真弓出了彩花的房间，走下楼，坐回摊着收支簿的桌旁。

“求你了，住手！”

又来了，这声音——是我求你了，别叫了。真弓双手捂住耳朵，抱紧脑袋——我家平时的吵闹声，邻居们也这样听得一清二楚吗？

干脆关上窗户，真弓总算想起还有这招。

“原谅我，原谅我吧。”

窗外的声音由悲鸣变成了哀号。——就当什么都没听到，下次遇到淳子，也不要刻意去问。即便她自己提出来，赔礼道歉说“不好意思吵到你们了”，也要佯装不知。这就是所谓的礼仪，要想在这里过美满的生活，就必须遵守。

既然不是强盗，那就不必遮掩。真弓径直走到窗边，拉开窗帘，这次正面朝对门望去。能看到的也仅仅只是被高大栅栏环绕着的高桥家，是否两层楼都亮着灯而已。

二楼一间靠里的房间亮着灯。不过，这不足为奇，那间屋子常年如此。以往真弓深夜两点起床上厕所时，都时常能看见那房间灯火通明。应该是比奈子，或者是慎司学习的房间。姐姐比奈子的高中是直升大学的私立女中，不需要那么拼命地学习，那应该是弟弟慎司吧。

比起这个——果然，没去管闲事是对的。高桥家车库里停着车，那车库几乎有我家一个半大。里面停着深蓝色外国制造的高级轿车，任何时候都崭新得发亮。

淳子说过自己没有驾照，那车应该是大学附属医院当医生的丈夫弘幸每天上班时在使用。白天，车库里一直空荡无物。

无论母子俩吵得多厉害，只要父亲出面，应该就没问题了吧……

不，不能一概而论，我们家的启介就没那本事。不过，高桥家应该没问题。虽然没有深交，但那家父亲看起来威严十足，他出面阻止的话，孩子应该不敢不从。更何况，比奈子和慎司那俩孩子比起彩花来，善解人意得多。说不定，根本就从未跟家里发过脾气。

刚乔迁到此，每次遇见淳子，真弓都会称赞一番高桥家的孩子们。

——上那么好的学校，对人有礼貌，身材修长高挑，真羡慕啊。

淳子对此的反应，每次都相同。

——哎呀，瞧你说的，我真高兴。

接着没了下文。一般的礼仪不都是——被对方表扬后，会反过去表扬对方嘛。表扬孩子，就类似寒暄。你来我往。可是，每次返给真弓的，都是淳子一副毫不谦逊的、得意扬扬的笑脸。

是因为她爱孩子过头了？不，是因为彩花一无是处。

自己的孩子比别的孩子优秀得多，她或许对此深信不疑。

令人自豪的孩子。幸福美满的家庭。

这样的家庭里还发生争吵？——真弓鉴定这才算真正的笑话呢。

真弓轻轻关上窗户，打开空调，已听不见外面的声响。

用这个方法解决从外面飞来的问题，着实简单。真不该打开窗户。

晚上十一点三十分——

真弓合上收支簿，打开电视，调到每晚必看的十一点新闻。今天讲的是温室效应将在经济上带给家庭的影响。

家庭财政上不景气，看来各处都一样。今夜有风，非常舒爽——刚才边这样对自己念叨，边关上空调，打开窗户，为的就是节约。

忍了一个多小时后，感觉和外面差别不大。但是，只有自己一个人忍着，也不管用。二楼那间四张半榻榻米大的房间，即便本人外出吃饭的时间里，也大开着空调。而且启介回家，随口招呼一声后，干的第一件事就是立即跑去开空调。不过，即便如此，每当看着收支簿，真弓都忍不住想要把空调费划掉。

哪怕知道这么做，启介一定会板着臭脸，抱怨一通。

“热啊，热死人了。你当然用不着。整天在开空调的地方上班。”

去超市打工，哪里是出于自愿。不过，想着这是为了梦想而付出，干起活来也身心愉悦。无论一天有多辛苦，只要爬上通往家的坡道，当自己家的房子渐渐映入眼帘时，心中都会感到轻盈与甜蜜。

市里最高级的住宅区——“云雀之丘”。真弓一家在这里建起了房子。

建一幢独门独院的房子，是真弓的梦想。

有这样的梦想并非因为出身贫寒。而是，父亲经常更换工作地点，母亲认为“一家人一定要住一起”便跟随父亲四处搬动。真弓从未住过独门独院的房子。

不需要很大，在一个小庭院的房子里，建一个属于自己的家庭。

为能尽快实现这个梦想，真弓短期大学毕业后，就职于一家住房建筑公司，负责展示会介绍方面的工作。由于，真弓对家的渴望比任何人都强烈，她的业绩甚至曾一度超过销售部的男士。

自己比别人都干得出色——也许是因为有了这样的自负，在真弓的眼中，销售部的那些男性都不可靠。那种拥有属于自己房子的感动，房子带来的那种喜悦与幸福，他们为什么没法跟顾客传达出来呢？

就在这时，出现了状况。展示会上，一位顾客弄坏了墙面。从建筑公司赶来修理的正是——远藤启介。

——带孩子来参加展示会，还让他乱跑，这家长不知怎么当的。

面对正在气头上的真弓，启介稳重地说道。

——修好就没事了。没有任何一个家，能自始至终不出问题的。

启介在工地上工作，还是单身，梦想有一天能拥有属于自己的房子。他说，建一个房子就像养育孩子，并非建起来就完事，而是需要一直珍惜它，花心思养护它，这样的地方才能称为自己真正的家。

启介所有的话都让真弓产生了共鸣。就是他了。

与启介结婚，生下彩花，建起自己的房子——人生在超乎想象般地顺利前行着。可是，这样的日子似乎一年不到。

真弓伸出手，弹掉桌子中央观叶植物[1]上的灰尘。喜欢的观叶植物、壁纸、照明设备、桌椅，一切都与自己理想中一样。再别无所求。可是，为什么？

为什么没法心平气和地过日子？有属于自己的房子，与家庭幸福之间，难道是完全不同的两码事……不可能。

不过，这样足够了。从每天电视新闻上，都能看到这世界上还有很多人在受苦。跟他们比起来，我们家算很幸福了。

彩花再怎么闹别扭，再怎么被她羞辱，只要旁人不说闲话，一天能平平安安地结束，这不就足够了吗？

伴着欢快的音乐，电视新闻将话题转到职业棒球上。

启介今天回来得真晚。平日不都在体育节目之前就到家了吗？

"帮我买卫生巾回来。"

身后传来彩花的声音，她刚洗完澡，正用毛巾擦拭着头发。

"用妈妈的不行吗？"

"饶了我吧。明天我有体育课，绝对不能用你的那些特价商品。"

临近深夜零点。为什么这时间了，还非得去给女儿买生理用

[1] 观叶植物，一般指叶形叶色美丽的植物，原生于高温多湿的热带雨林中，需光量较少，如竹芋类、蕨类植物等。

品不可？

“我上个月不就说了嘛，马上快没了。你明明每天都在往超市跑，为什么不记得买来呢？”

彩花开始嚷嚷。她这样跟我说过吗？说不定说过。不单是生理用品，每天出门前，她都呼着喊着要买东买西。傍晚结束工作时，整个人已经筋疲力尽，早上脑子里装的事情早已忘得一干二净。

“买你一直用的那种，对吧？”

真弓边确认商标名，边站起身来。争辩也没用，彩花说要，就只能马上去买给她，她才肯罢休。

“顺便买个冰激凌回来。要哈根达斯草莓口味的。”

彩花说得轻松，说不定这才是她的真正目的。不过，真弓也没心思追问，问了也白问。只能庆幸，自己还没洗澡。

真弓拿起平日用惯的手提袋，穿上凉鞋，打开房门。

有个人影。

真弓大吃一惊，定睛一看，原来站在眼前的是启介。

“是你呀，终于回来啦，今天怎么又这么晚？”

“啊，今天临时有点儿急事。这么晚了，你要去哪儿啊？”

“去便利商店。晚饭我放在微波炉里了，你自己热着吃吧。”

“……有什么需要的，我去买吧？”

启介难得说一回这么体贴的话。可是，不管怎么说，总不能让他去帮忙买生理用品吧。还是自己去。

“不用啦，我还想顺便把明天吃的面包也一起买回来。”

真弓走下玄关台阶，往新干线方向的小山坡上走去。

走了几步，突然停住，转身回过头。

高桥家已经恢复了平静。二楼的灯还亮着。太好了，总算风平浪静。果然只是一时争吵，不知道这次隔壁的里子有没有去看呢。

真弓耸耸肩，正准备继续往前走，在一片漆黑中与启介目光交会。不知道他说了一句什么，就匆忙地关上了门。都那么久了，还没进门，难不成是担心我这个四十多岁的“老太婆”一个人走夜路不安全？

这么一想，心底稍有些兴奋，那顺便给他带点儿下酒菜之类的吧，真弓迈开轻盈的步子走下坡去。

零点二十分——

离家最近的一家便利商店“微笑·云雀之丘”，建在小山坡和新干线交会处的角落里。

地方城市的住宅区的一个角落，有必要开一家二十四小时营业的便利店吗？多半要成为不良少年的聚集地，去年店开业之际，真弓为它捏了把汗。不过，既然有就要利用，而且，事后证明从未出现过想象中的那些不良现象。

果然，这一带的环境就是好。

真弓走进店内，刚拿起篮筐，发现一个面熟的少年正站在杂志栏前。

高桥慎司。一两小时前那个大声叫喊的孩子，现在正捧着漫画杂志站在杂志栏边。

这孩子也看漫画呀，真弓有些惊讶。再一想，这也理所当然，人家毕竟还是中学生。

慎司好像察觉到了真弓，抬起头来。脸上似乎写着“咦，谁呀”，接着，一个“哦”的神情，好像总算想起来了，急忙展露笑颜，低头行礼：“您好。”真弓也赶紧寒暄道：“你好。”

这孩子大概还不知道，他的声音被外面的人听到了吧。

真弓本来打算，如果遇到淳子，就一概佯装不知。还没来得及考虑，遇见慎司该如何是好。这下就给遇到了，惊慌失措之下，吃惊之情全挂在了脸上。为补偿这一失误，真弓特意热情地上前搭话。

“出来透气吗？我也是特地为帮彩花买晚饭来的。明年就要中考了，你们要一起加油哟。”

一起——这话好像说错了。两人水平上分明有天壤之别。不过，彩花之所以没考上跟他一样的好中学，是因为他们上的小学本就不在一个档次上，哪怕他不知晓这点，彩花怎么说现在上的也是公立学校，他也不能小瞧了彩花……

突然响起了警鸣。

从主干道公路开来的一辆救护车，飞快驶过便利店前，拐一个弯，冲上了山坡。发生了什么事？——真弓的眼神随即落在慎司身上，只见慎司的目光也紧随急救车的方向。没有神色慌张的迹象，他转过身来对真弓说：

“好的，谢谢您。请您转告彩花，我们要一起加油。那我就先告辞了。走夜路时请多注意安全。”慎司笑着说完，放下杂志，拿起放在脚边装有零食和运动饮料的篮子，朝收银台走去。可是，情况好像有些不对劲，见他在裤子口袋里翻弄了半天，不知道在找什么，跟店员打了声招呼后，又返回到真弓身旁。

“真不好意思，我不小心把钱包忘在了家里。不知道您能不能借我一千元钱呢？回家后，我立即给您送还过去。”

语调虽然沉稳，但似乎羞涩难抑，脸颊略微泛红。这副样子更讨人喜欢。

“可以哟，我也经常粗心大意。”

真弓从手提袋里取出钱包，打开一看，里面装了三张一万元，没有一千的零钞。先买了东西换零后，再给他吧？如果买的是糖果，或者饮料之类也就罢了，帮他一起付也行，可这次买的是生理用品，在一个中学男生面前买生理用品，叫人怪难为情的。

于是，真弓直接递过一张一万元。

“我现在也没有零钱，你先拿这个去用吧。今天已经很晚了，明天还给我就行。”

慎司低头接过一万元。

“谢谢您，我明天一大早一定给您还过去。”

说完，跑到收银台处付完账出了门。在门前还回过头来，给真弓点头敬礼，真弓也报之一笑。

明天一早，就能看到上学的慎司穿着制服的样子，真弓心里有些期待。

零点四十分——

真弓走在小坡上，手里提着装有生理用品、冰激凌、面包、黄油等各种商品的手提袋。被彩花这般任意差遣，以往真弓总会边低着头默不做声地走，边在心里不停抱怨。可是，今夜步伐却格外轻盈，甚至还有了抬头看星星的闲情雅致。

七夕临近。离演唱会只剩一个月。

彩花一定也很期待。说不定在为撕坏海报而后悔呢。如果她缠着要买，演唱会当天再买给她一张也未尝不可。

真弓哼起俊介的新歌，但脑袋里浮现的却是慎司的脸庞。

从很早以前，真弓就对慎司抱有好感。并非因为他在私立学校上学，成绩优异。而是他笑起来的样子跟俊介极为相似。看电视时，顺口跟彩花提到过。

——俊介和那“高公子”长得像？啊？你是不是该买老花镜了？

被彩花全盘否定了。彩花管慎司叫做“高公子”。意思是高桥家的公子哥。慎司的姐姐比奈子，彩花就很普通地管她叫比奈子小姐。

邻家住着跟自己同龄的孩子，比自己上更好的学校，哪怕性别不同，心里也难免不悦。

急救车从小山坡上匆匆地开下来。刚才在便利店里看到的是急救车吧。到哪家去接人了？听到警鸣，哪怕与自己无关，心中也有些许不安。

身后又来了一辆车，亮着红灯，是警车。越过真弓，往坡上开去。

发生了什么事？真弓想起淳子的尖叫声。心里越来越着急，小步跑上山坡。

警车停在了自家门前。不，是高桥家。

刚才的急救车是不是也去了高桥家呢？比起离开前，周围亮着灯的房子变多了，是不是被警鸣吵醒的邻居们正在观察发生的状况？

可是，没有人到外面来……这里没有那种爱凑热闹瞎起哄的人。不，有三人。亮片在闪闪发光。

是小岛里子，睡衣上还披着薄薄的开领毛绒衣。斜挎着小包，从大门外往里瞧。还有两人……

启介与彩花站在玄关前，正朝对门望着。

彩花看到真弓，没做声，招了招手，示意真弓过来。脸上写满了好奇。启介也发现了真弓，跟彩花一样，启介也向真弓招手示意。但表情异常严肃。

高桥家到底发生了什么？家里的灯全亮着，玄关大门敞开着。

真弓停下脚步，正有冲动前去一探究竟，结果被两人招了回来。接着两人推着真弓后背，进家门后，立即上了锁。

莫非这两人不是出来看热闹，而是在担心我，特地来迎接我的？刚想到这里，只听彩花略带着奇异的兴奋声说道：

“对门家的叔叔，好像头被打爆了，刚才被抬着出去了哟。”

“那家的男主人吗？为什么？你怎么知道？”

“刚才来的救援队用无线电汇报情况时说的。接着，警车就来了。这肯定是刚才那阵争吵引起的，对吧？这么说来，‘我本来以为高公子’跟他妈妈起了冲突，结果是跟他爸爸呀。”

“别瞎猜。说不定只是受了伤，而且……”

若果真如此，慎司怎么可能那般镇静地在便利店买东西。

“怎么了嘛。刚才发现外面在争吵，不知道怎么办，急匆匆跑来我房间的不就是你吗。”

“那是……因为我害怕。”

“所以来依靠孩子？一般正常的父母，不都应该尽量不让孩子牵连进来吗？”

“你怎么这么说……”

“我分明什么都没察觉，是你随便冲进我的房间来，打开了窗户。都怪你做这种多余的事，害我也卷进来了。如果对门那叔叔真有个三长两短，那我岂不是成了看热闹的掺和进去了，你不是想让我上私立中学吗？如果因为这件事，影响升学，这可是你的责任哟。这是关系到我人生的大事，你打算怎么给我负这个责？”

彩花不但语气刻薄，且声调越来越高。为什么她会联想到这么远？想不通。真弓看一眼丈夫启介，希望他能帮忙劝上几句。可是，这个所谓的一家之主，只是魂不守舍地安静地听着母女俩的对话，见妻子向自己瞥了一眼，只好无力地说道：

“虽然我也不知道到底出了什么事，但你那么大声嚷嚷，不是很容易把警察也招到我们家来吗？”启介面向彩花站着，却没抬起眼睛与彩花对视。

为什么这男人总是如此？从不指出问题的本质，总是把地点、声音大小这些次要因素提出来，然后拉别人做挡箭牌。

会挨妈妈骂的，会挨学校老师骂的，会挨店员骂的，会挨那边坐着的老爷爷骂的，会挨那边的警察骂的。

你自己呢？该你来骂！就是因为你总这样把责任转嫁出去，所以彩花才以为只要把自己的问题怪到别人头上，便可不了了之。你知不知道，每次最受伤的是谁？若不是把脾气撒到我身上，彩花现在早该乖乖地洗澡去了。

“老爸，你什么都不知道，别瞎掺和。反正你待在这儿也没用，干脆洗澡去吧。”

彩花好像也察觉到了这男人的无力。只是，这男人明明被彩花那般毫不客气地数落了一通，却依旧傻乎乎地边搔脑袋边笑道：“是呀，彩花说得对。你洗了吗？”

“你看我这样子不就知道了。”彩花不耐烦地回答。

真弓深叹口气。够了，总之，让今天就这样安安稳稳地结束吧。

“好了，今天已经晚了，快准备睡觉吧。一觉起来后，多半就知道对面家里发生了什么。我想应该没什么大不了的事情。”

真弓看看时间，已快接近两点。彩花好像也有了困意，无心再继续争执下去，乖乖地上了二楼。启介也洗澡去了……今天总算平安无事地结束了。

真弓装作检查门锁的样子，稍稍地打开面朝着对门窗户上的窗帘。只见门前原本只有一辆的巡警车，变成了两辆。刚才一直没注意，这车什么时候来的。只觉心中怦怦直跳，若被发现从缝隙里偷看，警察会不会找上门来，责问一通？真弓连忙拉紧窗帘。

只要窗户关着，外面的声音就进不来。

也就万事都与我家无关了。

早上七点——

警察来了。

一家人正享用早餐。真弓劝彩花和启介待在饭厅里，自己强掩着七上八下的心跳，跑去玄关开门。来的不是穿制服的警官，而是县上的便衣刑警。笔直站立的两人，年长一些的叫横山，年轻的叫藤川。“我们有些事想向您请教。”

自报姓名后，藤川立即开口问道，语调充满朝气。

警察的到来在意料之中，真弓丝毫没有惊讶。昨晚一夜未眠，一直在脑海里思考，万一警察来访，自己该如何作答。

——我们家一直关着窗户，什么声音都没听到。

如果这样说，反倒容易招人怀疑，这家人一定听到了什么。我们什么都没听到，我们什么都不知道——要让警察对此深信不疑的话，就要不管被问到什么，都装作第一次听说，扮出一副吃惊模样。

“啊，有这样的事吗？”

……对，无论问什么都这样回答。

“太太，昨夜零点以后，您去了附近的便利店对吧？”

啊，有这样的事吗？——之前想好的台词，这下派不上了用场了。有没有听到叫声呀？有没有发现什么可疑的事情呀？——警察不是该这样问吗？

“是的，我去了。有些急需买的东西。哦，对了，买了冰激凌和一些下酒菜。”

是不是该大方地把买生理用品的事情也说出去更好。真弓急着说：“我给您看收据吧。”“哦，不用了。”警察对真弓到底买了什么，似乎并无兴趣。

“您当时有没有见到对门家孩子高桥慎司呢？”

这个问题，也用不上那台词——“啊，有这样的事吗？”

为什么要问我去没去便利店？慎司出了什么事吗？我是不是该赶紧划清界限，说自己什么都不知道。可是，在去便利店之前的这段时间里，的确听到了窗外的声音。这些警察一定是从便利店的店员那里，听说了我昨晚在便利店，跟慎司碰面的事情，所以才找上门来的。为什么会知道是我呢？是防盗录像吗？不，是便利店的积分卡。以前买演唱会门票时办的那张卡。真是的，那种无聊的东西，当初不该办。

“见到了。”

单回答这一句，也让人踌躇。感觉像自己做了坏事后，被人质问，而不能不承认。

"您能把当时的情况详细地告诉我们吗？"

发生了什么事情，为什么警察会这样问？真弓一头雾水，但也只好如实交代昨晚的情形：

去便利商店帮女儿买东西，遇到了站在杂志摊前看漫画的慎司。慎司有礼貌地打完招呼后，提着装满糖果和运动饮料的篮子，去收银台付账，却发现身上没带钱包，于是跑来借了一千元。正好我也没有一千元零钞，就给了他一万元。慎司恭敬地道谢，说第二天一定归还，然后在收银台付账离开了。

真弓的心扑通扑通跳着，讲完了事情经过。这能说明什么呢？心里充满了疑问。

"您给了他一万元是吧？"横山问道。

"借给孩子一万元，算是个不小的数目呀，您没让他当场在便利店找零给您吗？"藤井紧接着插话进来。

"我没有那样做，他家就住在我家对门，他是个让人信得过的孩子。而且……我本来想干脆帮他一起付了，只是我当时买的是生理用品，只好作罢。"

警察继续问了些问题。

"慎司当时穿的什么衣服呢？"

"黑色的T恤和深绿色的短裤，长度大概就刚超过膝盖的样子。脚上没怎么看清楚，像是运动鞋。有没有污迹？这个似乎没看到。"

“在店里的时候，慎司的样子看上去怎么样？”

“很平常，我们也就一般的邻居，了解得也不多，只是在外面遇到时，他都格外有礼貌。所以，一直都是个给人印象非常好的孩子。昨晚也是，很恭敬地过来打招呼，还好心叮嘱我一个人走夜路要小心。”“笑着说的？”

“这当然了。”

“你知道慎司君离开店后，去了什么地方吗？”

“啊，这我就没有看到了，不是回家了吗？”

“慎司君当时去便利店时，是徒步走着去的吗？”

“我不都说了，这些我没看到。不过，我觉得他应该是走路来的。我家也是，去便利店时一般都步行，如果是骑自行车的话，去的时候倒轻松，下坡路几下子就到了。可是，回来时就麻烦了，必须得推着车子往坡上爬。”

“那么，最后慎司君把钱还给您了吗？”

“没有，好像他家里出了什么事……而且，即便家里没事，现在离他上学时间也还早呢。这么大清早的，不该往别人家里闯，我想这点常识他肯定有的。啊，不好意思，我的意思不是说你们，警察先生。”

两名警察羞红了脸，立即为一大早来打扰的事道歉，又为协助问答道谢。总算平安无事地结束了吧，真弓轻叹口气。

“对了。还有一件事，昨晚，您有没有察觉到什么不对劲的地方呢？”藤川问。

这是真弓最初设想到的问题。可是，这问题也没法用一句“啊，是吗”来敷衍。不过，都说了这么多，现在便无所谓了，只想早点儿解放。于是，真弓软绵绵地答道：“什么都没有。”随即将两名警察送出了门去。

回到饭厅，彩花兴致勃勃地凑了过来。

“啊，真厉害！是为了对面家的事吧？我听到那家‘高公子’的名字了，怎么，到底是发生了什么事？”

“没什么大不了的，警察只是问我昨天晚上有没有在便利店碰见慎司而已。”

“咦？你昨晚去便利店时，遇到那‘高公子’啦？为什么没跟我说？对了，他当时的样子是不是很奇怪？哎呀，你嘛，被警察问起来，肯定装成一副什么都不知道的样子了，对吧？”

“没有。我见到他时，他完全没有不对劲的地方。而且还让我转告你，要一起好好加油准备考试。”

“他那话什么意思，嘲讽我？”

“好了好了，赶快去换衣服吧，不然上学要迟到了。”

“知道啦。”彩花嘟起嘴，懒洋洋地应答了一声，往洗漱间走去。大清早，她一般不会耍小姐脾气。不过，今天好像有点儿反常，看起来一大清早，心情格外好。

刚才一边看报纸，一边观察母女俩的启介也站起身来，开始打理收拾。

没过多久，彩花就整理完毕，准备出门。真弓一般不会特意去门前送她。一边在饭厅收拾，一边嘱咐了声“路上小心”。

关门声刚落不久，立即又传来开门的声响，只听“啪啪啪”的脚步声，径直往这边奔了过来。

“喂，不得了啦。对门，拉起了黄色警戒线。警车也停在那里，肯定出大事了。”

真弓被彩花一手拉了出去，只见四处拉起了禁止入内的警戒线，比自己想象中的规模还大，警察频繁地进进出出。

“我要去跟班上人炫耀一番。”

彩花从制服口袋里掏出手机，正要按下快门。

“别这样。警察看见了要说的。”

真弓急忙小声地劝阻，彩花撅撅嘴，不情愿地将手机放了回去。

“不过，如果你知道了什么，要马上通知我，给我发短信哟。”

对这个爱凑热闹的女儿，真弓完全拿她没办法，叹了口气。可又不敢拒绝，若不从她意，说不定马上又闹起别扭，不去上学。

“好了，知道了。”真弓答复一句，催促彩花赶紧去上学。

上午九点——

将启介送走后，真弓开车前往自己打工的超市。汽油费不报销，但想到能在“云雀之丘”的人们都愿常去的超市里工作，这点儿油费开销也甘心忍了。

这天并非周末，而且正巧碰上感恩节后第一天，因此店里比往常要冷清得多。站在收银台前，真弓脑袋里一直在回想昨晚发生的事。

昨天夜里，十点左右，听到从高桥家传来的那尖叫声，似乎是淳子的声音，另一个的声音应该是慎司。

过了午夜零点二十分，在便利店遇到慎司。在那里听到从便利店前经过的救护车声音。跟慎司分开，买完东西回到家，大约零点四十分。在回家的路上，碰见返途的救护车，接着又看到从后方赶来的巡逻车。

照彩花所说，被救护车接走的是高桥家男主人弘幸，据说是被重物打伤了头部。

是小偷吗？或者是淳子、比奈子，还是……慎司？弘幸是在之前争吵时被打伤的吗？可是，在便利店遇到慎司时，他看上去完全不像发生了大事的样子。那么，也就是说弘幸应该是在慎司外出的这段时间里，被什么东西打伤了。

只是受伤？不见得，从今早来了那么多警察的样子看，说不定情况还要严重。该不会，死了？……啊，别想了，不吉利。

下午五点——

真弓心不在焉地打理完工作。车正开到将近“云雀之丘”的路上，被警察拦了下来。原来是“云雀之丘”这一块地方，已经被限制了通行。真弓只好拿出驾照，证明自己家住“云雀之丘”后，才得以顺利通行。不过，家的前面好像挤满了车辆。

原来是采访团。真弓打开车窗，一路招呼“不好意思，请让我的车通过一下”。这才总算开到了自家车位上。刚出车门，一名记者模样的男子便跑了过来：“可以问您一些问题吗？”

想提问的应该是我。不，希望你最好什么都别问我。跟我毫不相干。

真弓边想，边一言不发地快步走上玄关台阶，冲进家门。客厅里，电视机的声音大开着。刚进客厅，彩花便满脸笑容地指着电视画面说。

“喂，快看，不得了了，出大事了，这可是杀人事件哟。”

真弓定睛一看，电视上出现的房子似乎很眼熟。

设计优雅，洋溢着怀古风情的大洋房。

一条小道之隔的邻家事，竟是通过电视得知。

四日凌晨零点二十分左右。当地消防署接到有人报案，声称自己丈夫受了重伤。急救队员赶到现场时，这位名叫高桥弘幸的男子已经头部出血瘫倒在地。急救队员认为，这有可能是一次故意伤人事件，立即通报了当地警察部门。高桥男子被送往医院后不久死亡。据当地警方调查，嫌疑人为该男子的妻子高桥淳子，她表示是自己用家中的硬物砸伤了被害人。由于案发当时，家中的两个孩子都因故外出，现警方怀疑，是高桥夫妻间的争执酿成了这场悲剧，详细情况正在调查之中。

电视上出现的分明是如假包换的高桥家，但真弓却感觉像是非常遥远的地方发生的事情。电视转进广告时，边吃着冰激凌边目不转睛地盯着电视的彩花，转过脑袋，问真弓：

“电视上说，当时家里没人。昨晚明明那‘高公子’在家，对吧，那声音肯定是他的，而且你昨晚不也在便利店里遇到他了吗。我干脆出去一下，把这情况告诉警察。”

“别去。人家当家的死了，不是吗？我们分明听到了声音，却一直佯装不知，这被发现了，肯定要说我们见死不救。”

“也是啊，说了不太好。还是装什么都不知道，才最妥当。这附近的人，好像都这么回答那些记者和警察的。唉，明明我们也没做什么坏事，却不得不撒谎，真让人心里不舒服。”

说完，彩花上二楼去了。真弓把彩花刚吃完的冰激凌盒盖洗干净，扔进垃圾箱。这冰激凌是昨晚见到慎司时买的。

的确有些不安，感觉自己多少被牵连了进去。

真弓想，高桥家的事情，还是尽量避开为好。如果今后真的被问起来，就尽可能答些无关紧要的话。

——那家夫妻看起来非常恩爱哟，那家男主人很有本事，妻子待人亲切，他们家孩子既开朗又有礼貌，万万没想到会发生这种事情。

想来，这种事情发生在我家，反倒还比较让人信服。

看着刚洗过冰激凌的黏糊糊的手，真弓想起昨晚那个仿佛被透明塑料包裹住的自己。那时，如果没有门铃声响起来的话，自己说不定对彩花会做出什么事来。分明是自己唯一的宝贝女儿，可是，在那一瞬间，看起来像变成了毫无关联的外人，不，变成了让人恶心的怪兽。

杀人事件，说不定那时发生在了我家。

对了，这附近住的人肯定也听到了那声音，他们多半以为是我们家出了事。现在知道是高桥家，多半也大吃了一惊吧。

那个看似完美无缺的家里，究竟发生了什么？

上午十点——

住宅四周终于逐渐恢复了平静。来采访的队伍也许听完淳子的口供，以及附近居民对这家人异口同声的好评，发现再也抓不到任何有意思的消息，只好撤退了。

这天，真弓向超市请了假，在家休息。超市里一起工作的同事们没人知道真弓住在“云雀之丘”。可是，大家同住的城市里发生了杀人事件，今天高桥家的事情定会成为同事间谈论的话题。说不定，说着说着就变成批判“云雀之丘”住的人如何了，真弓可不想听那些飞语。

还是请假为好。

彩花和启介一前一后出门后，真弓以为总算能放下心来，这时又传来了门铃声。看监视器，如果是不认识的人，就假装家里没人。结果来的是邻居家的小岛里子。真弓边窥视着外面的动静，边轻轻推开门缝，里子滚胖的身子一下就蹿了进来。包上的亮片正巧挂到了门缝上，真弓急忙把门全打开来。

现在的孩子们都不知道亮片是什么东西吧。

那个镶着金色亮片的小挎包。由此，彩花给里子取了个外号叫“亮片婆”。

这个小挎包她从不离手，也不知道里面到底放了什么。

“哎呀哎呀，真不好意思。这是别人送我的礼物，如果你不嫌弃的话，也尝尝吧。”

里子双手抱了只甜瓜[1]递给真弓。不过，不管怎么看，她都不像单单为这事而来。

“你现在说话方便吗？”突然，里子压低声音，悄悄问道。

[1] 甜瓜在日本为高级礼品。

在玄关说话多少有些失礼，真弓只好把里子领进屋来。

“真没想到发生这么大的事，我昨晚上一直害怕得连觉都没睡好。”

真弓倒茶时，里子坐在沙发上，一直念叨这句话。说这是件大事倒是同意，可是真弓不知到底何怕之有。

“警察也来你家了吗？他们有没有问你见过慎司没？”

里子夸张地把声音压得更低，还不停地扭转脖子，观察四周。

“嗯……”

虽然知道里子的这个问题不无目的，但没有必要跟里子一五一十地讲。

“慎司君，听说好像现在下落不明哟。”

里子从来采访报告的人那里，寻根究底地问出了这事。

事发当晚，比奈子在同学家里过夜，没在家。昨天开始，一直寄住在亲戚家里。可是，当天在家的慎司却正巧在案发当时去了“云雀之丘”的便利店。而且从那以后，就一直不知行踪。

据说，手机和钱包全都放在家里。

“我猜哟，淳子虽然自首了，但是警察多半在怀疑慎司。你不觉得这说法有道理吗？他打了老爸后，自己也受到惊吓，结果什么都没来得及拿，就匆匆忙忙出了家门。不过，他没带钱，肯定跑不远，也许就藏在附近。一想到他说不定就藏在我们身边哪个地方，我就害怕。我劝你们家也最好把门窗都锁牢了。”

里子发了一阵牢骚后才离开。

——好不容易在这里建起了两层楼的房子，居然发生这种事，等我儿子夫妻俩结束海外工作，回日本时，都说不定不愿意跟我一起在这里住了……

真弓在脑子里回想里子的话。

从便利店出来后，慎司下落不明。

手机和钱包都没带就出门的慎司，难道真的如大家猜测的——他先打了弘幸，然后惊慌之下，匆匆忙忙地跑出了家门？可是，在便利店看到的慎司，完全没有出了大事的神情。怎么看都只是学习累了，出来透气而已。

在这期间，淳子用硬物砸死了丈夫？

这么短的时间内，这有可能吗？难道是她为了帮慎司做不在场证明，特意让慎司去便利店？不管怎么说，当时慎司肯定是打算回家。因为钱包和手机，对他那年龄段的孩子来说，是除了生命以外，最重要的东西。

可是，难道拿到钱后，他的想法改变了？

碰巧遇到了隔壁家的阿姨，本来想借一千，结果拿到了一万。所以，就直接逃了……

这样说来，岂不是我促成了慎司下落不明？

而我还完全不知情，就老老实实地把借给慎司一万元的事情跟警察说了。他们肯定在想——原来就是这家伙给的钱。

怎么办，会不会被冠上什么罪名？不，岂止如此。今后慎司如果在某地再犯下什么罪行的话，或是他自杀了的话，这些会不会也都怪在我身上？

真弓拿起遥控器打开电视，频道转，转，转。电影、宠物等到处都是轻松休闲的话题。慎司的事情，到底该如何是好——真弓放下手中的遥控器，双手抱在胸前。

趁还没发生任何事，必须尽快找到慎司。

但愿杀了弘幸的就是淳子。慎司只是因为害怕，躲到朋友或者亲戚家去了。

可是，我再怎么祈求又有何用——真弓往窗边望去。锁和窗帘都关得死死的。可是，为什么偏偏那晚没这么做？哦，是因为里子来了。唉，如果彩花没有闹别扭……里子说不定拿着巧克力去了高桥家。

从那敞开的窗外，到底飞来了何物，此刻真弓浑然不知。

【七月三日（周三）晚上七点四十分—七月五日（周五）上午十一点】

Part 2 高桥家

晚上九点——

听到楼下传来的声音，铃木步美双眉紧锁。

“喂，你说不吃晚饭了，是什么意思哟？”

“不吃就是不吃。”

“难道你又出去吃了汉堡回来？”

“真烦人。我在外面吃什么跟你有什么关系？拿自己的钱买的。”

“不是那个问题。我不是经常告诉你吗？小弘，你现在正是长身体的时候。所以妈妈才每天想最好的菜谱，做最营养的东西给你。”

“完了，又吵起来了。真是的，有朋友在家时，都不能给我老实点儿。唉，这可能得闹上一会儿了，你别理他们。”步美说。

高桥比奈子侧耳听了听楼下声音，笑道：“没关系，完全不介意。”

步美是比奈子上私立女子附中时就一起的好朋友，来步美家里玩也不是第一次了。

步美的妈妈在厨艺课堂当讲师，比奈子也多次品尝到她亲手做的佳肴。有时，还跟步美全家一起坐在餐桌上吃饭。

吃饭时，如果步美想剩饭，或弟弟弘树想剩菜的话，步美的母亲都会像刚才听到的那样劝阻。步美的父亲询问为什么用酱汁当下酒菜时，她会解释说蚬贝对肝功能有益。

“食物必须要细细咀嚼哟。”连比奈子都被步美母亲这样提醒过。父母和老师的批评都没挨过的比奈子，被大人提醒，这还是第一遭。不过，丝毫没有不悦。有这样一位将全家人照顾得细致入微的母亲，让人羡慕还来不及呢。

“你们这不算吵架哟。”

比奈子边说，边抓起桌上的薯片。一个晚上就能吃掉的东西，把口袋全打开来，吃起来比较方便，但这在步美的房间里却不行。

“比奈子家里不会这样吵吵闹闹吧，你妈妈看上去那么优雅，小慎也看起来很听话，不像是会闹别扭的孩子。”

“这倒也是，我们家基本没有过。不过，我家对门可就厉害了。那家有个跟慎司一样大的女孩，一周少不了要闹一次别扭。”

比奈子回想起夜深人静时，那响彻整个住宅区的尖叫声。

“她们也是住在‘云雀之丘’的人吗？”

“这跟住在哪里没关系哟。‘云雀之丘’也只不过是普通的住宅区而已。”

整体来看，住在“云雀之丘”的人，家庭条件优越，人品良好的比例，比起别的住宅区的确高出一筹。可是，对门常常发生那样的事情，就怎么也让人感觉不到自己是住在一个良好的特殊环境之中。

“那家孩子怎么样呢？”

“长相普通，也说不上朴实，总之，应该是在学校里不怎么显眼的那种。”

这般描述让人想起弓着背的小动物。

“那她还跟家人闹别扭？”

“对呀，一边骂她妈妈是该死的老太婆，一边大声乱叫。”

“这种人，见过，见过。是不是叫做内弁庆[1]？在外面，

[1] 弁庆指武藏坊弁庆，平安时代末期的僧兵，他的经历经常被当做日本神话、传奇、小说等的素材，为武士道精神的传统代表人物之一。

老老实实的，一回到家里就跟父母发脾气。是不是有什么不满积压在心里？”

“嗯……好像是升学考试失败了。‘反正我没考上，老是念叨私立私立，你烦不烦人，该死的老太婆’什么的，一直骂个不停。”

彩花本想考取的学校，是比奈子现在所读的学校，这一点比奈子也知道。比奈子当时也为了考试，好好地准备过，却没感觉有彩花这么辛苦。

“真讨厌，自己闷在心里不就得了，还特地让周围人都知道。她本人没发觉吗？”

“可能吧。第二天早上，在家门前遇到，又权当什么都没发生过一般，很平常地跟我点头打招呼——您好。我差点儿没忍住笑喷出来。”

“要忍住笑，可以在脑袋里想象父母死了之类的呀。”

“有有，我想象过爸爸死了。”

比奈子在脑袋里想象，在医院病床上，躺着脸色苍白的父亲，握住比奈子的手，露出浅浅的微笑说：“你一定要做个有用的人哟。”说完就闭上了双眼……

“哎呀，想着就真的想哭了。”

比奈子抽起桌上的纸巾，擦了擦双眼。用中指压着纸巾擦过的地方，微微留下了泪痕。

“就这样想想，比奈子都会哭呀。不过，我能理解。”

步美说，几个月前在网上购物时，手机被老师没收了。结果，被那大嘴巴的年级主任给叫了去，听了一个多小时的说教。还记得那主任化着浓浓的妆，大脸盘中央，一根鼻毛随风飘舞。

“我想，等那女的人老珠黄之后，多半会被男的抛弃。为了忍住笑，我在脑袋里一直诅咒妈妈呢。”

“怎么个诅咒法？”

“不治之症。泪流满面地写下感人肺腑的遗书。想着想着，结果我也泪流满面了。主任那家伙，大吃一惊说‘铃木君，没想到你反省得这般深刻’。”

步美脑海中浮现出当时年级班主任那一副奇妙的神态，还有将一只手搭到她肩上的情景。

“老太婆真单纯。”

“就是呀。不过，要想忍住不笑时，想象父母被杀，这方法管用。”

步美一次在早礼时，还想象过比奈子被杀的情景。结果，想着想着就放声哭了出来。本来，只想用这个方法暂时控制眼前的笑意，可对象一旦是朋友或者男友，步美总会忍不住真哭出来。不过，对自己成了想象的对象，比奈子倒没介意，反倒因为步美为自己而泣，觉得些许欢喜。

“不过，比奈子想象的居然是爸爸呀。”

“……嗯，偶尔吧，今天正巧想到了爸爸而已。”

“我如果想到爸爸被杀了，会不会哭呀？嗯……啊，比起这个，网上竞拍俊介海报的事情，真可惜了。”

步美叹了口气。突然，抓起薯片袋的封口，一股脑儿扔到床下。

有人上楼的脚步声传来，随后门开了。

“洗澡水已经烧好了哟。”

步美的妈妈探头进来，嗅了两下，四处张望。

“你们俩，吃了薯片对吧？”

“没吃。也许是之前午饭的味道，还没有完全散去。”

步美故作镇静地答道。

“这样最好。不能因为说搞晚间聚会，就这么晚还吃零食哟。我给你们做了酸奶布丁当夜宵，洗完澡后，两人一起来吃吧。”

“好。”

步美大声回答。步美妈妈对比奈子微微一笑，亲切地说：“你好好玩哟。”说完，离开了房间。门刚合上，两人面面相觑，苦笑一下。这种对零食的突击检查，在步美家是家常便饭。因此，在步美房间里，不敢把零食的包装袋全部打开。

“真危险呀。不过，这下总算安心了。我另外还藏有，你看。”

步美从床下拿出刚吃了一半的薯片和一瓶碳酸饮料。

"我也带来了很多哟。"

比奈子拿过自己的手提包，从里面取出一个塑料袋。

"微笑超市限量版的布丁，超级好吃哟。夜这么长，就该多准备些东西。啊——想着就兴奋。以后，每次小慎模拟考试，我就来你家玩吧。要是这样的话，我就成你们家的孩子了。那小子的学校，模拟考试多得数不清。分明随便应付一下就行，他非要那么认真。有那么个天真的弟弟，真够受的。"

一周前，比奈子正在自己房间听音乐。突然，慎司走进来，问能不能在模拟考试前，她到朋友家去住，自己好能专心准备考试。

比奈子觉得已经把音量开得够低了，就是因为考虑到隔壁房间的慎司正在准备考试。而且，升中学三年级后，模拟考试这又不止一次，以后还有好多呢。

难道以后每次模拟，我都必须出去？

不，这次就行，慎司回答。因为暑假的三方面谈[1]将围绕这次考试的成绩进行——

"小慎那股天真淳朴样儿很好哟。跟俊介挺像，真羡慕你。他跟我家弘树换一换该多好。比奈子的弟弟嘛，脑袋瓜肯定也聪明。我们全家热烈欢迎。"

---

[1] 日本的三方面谈，类似于中国的家长会。

“能那样就好了……”

比奈子想象慎司坐在铃木家餐桌旁的样子。“吃饭的时候，要把笔记本放了吃。”“别光顾着学习，好好吃饭。”“身体别乱动。”他多半会这样挨骂的。或者“你篮球比赛时，我们做便当给你带去，要加油哟。”步美妈妈肯定会这么嘱咐。

为了明天的模拟考试，慎司现在还坐在二楼的书桌前吧。分明不用这么拼命。

——如果考不好的话，不要把责任推到姐姐的身上。

深夜两点——

想聊的还很多，但时间已晚，两人连伸手抓零食的力气都没了。打一个大大的哈欠后，两人都想起明天还有课，便开始收拾残渣，准备睡觉。

可是，熄灯后，步美上了床，比奈子也钻进铺在床边的被单，困意却一下不翼而飞。沉静一阵后，眼皮也迟迟不肯闭上。

“比奈子，睡了吗？”

“没有。”

第二轮夜间聚会开始。关着灯，两人坐起身来，怀抱睡枕，面面相觑。

“比奈子，前段时间，那个跟你告白的男生，你打算怎么办？”

“还是拒绝吧。”

“为什么呀？真可惜。他不是长得很帅吗？”

“不过，好像挺笨的。”

“果然因为这个。”

比奈子的要求太高了，步美经常说，究其原因是父亲是医生，哥哥也在著名的大学医学部上学。不过，比奈子自己并不这么认为。只是觉得如果连基本常识都跟自己对不上话，即便在一起，也多半没意思。

“步美不也有讲究吗，例如在料理方面。”

“这倒也是，自然而然就会跟妈妈的一比高下。”

平时一般都自带便当，偶尔才去学校食堂吃，比奈子觉得食堂的东西也不差，在别的学生中也深受好评。可是，步美不管放什么在嘴里，都边吃边摇头。

“哪怕跟一般水平比起来，算上了档次的东西，我吃着都变成了家庭基本水准。其实从某种程度上说，这也够折腾的。”

黑暗中，突然闪过一道光亮，音乐响起。

“我的手机。”比奈子连忙拿起桌上的手机，“啊，妈妈打来的。”

按下通话键。

“妈妈？”

“喂，请问是高桥比奈子小姐吗？”

一个男人的声音。该不该回话……比奈子暂不做声，等对方继续说。

“我是S警署的人，现在用高桥淳子女士的手机打给她女儿比奈子小姐，请问你是比奈子小姐本人吗？”

此人言谈很有礼貌。但是，突然自称警察，也让人一下子难以接受。警察怎么会有事找上来呢？比奈子脑海里顿时浮现出——“诈骗电话”一词。

“怎么了？”

步美小声问道。

“是个男的，说他是警察。是不是该不理他直接挂了？”

“我来帮你接吧？以前我击退过这种打到家来的欺诈电话。”

步美一副兴致盎然的样子，从比奈子手中接过手机。

“您好，电话换人了。”步美装出一口中年妇女的腔调。

模仿年级主任是步美的拿手好戏，不过这让比奈子想起，自家斜对面住的小岛里子。步美此时的声音，像极了里子从小挎包里拿出黑色的手机接电话时的声音。据说，里子对付欺诈电话也有一套。

可是，不一会儿，步美便默不做声。

“这是真的吗？”

没了模仿的声音。步美一手拿着手机，从床上站起来，打开电灯。怎么回事？——这家的住址和电话号码，连从邮局旁左拐等都在跟对方一一说明。喂喂，没问题吧？

比奈子一脸担忧地看着，步美挂断了电话。

“比奈子，不好了。你爸爸被送进医院了。警察那边马上派人来接你，我们赶紧准备一下吧。”

这不是上当了吗？比奈子想问清详细的电话内容。可是，步美接着就出了房门，大声叫道：“爸爸妈妈，快起来。”

总之先换上衣服再说。学校制服还是平常的衣服，换什么比较好？犹豫了片刻后，比奈子从包里拿出了T恤和牛仔裤，上面还吸附着薯片的味道。

父亲在医院，这是平常事，平日里一直在。可是，说被送进了医院，难道在回家路上遇到了车祸？

深蓝色轿车的前车窗被撞碎了，此画面能立刻浮现在脑海，但怎么也想象不出，里面坐着的父亲的模样，比奈子心里开始害怕。

收拾好行李，下到一楼，只见步美全家人都已起来，大家忧心忡忡地看着比奈子。

“我也一起去医院吧？”步美说。

“不能让孩子们单独去，我也去。”步美母亲说。

“全是女的，我不放心。我也去。”步美父亲说。

三人都看着比奈子。自己只身一人前往，确有不安。但是，夜都深了，一家老小浩浩荡荡一同上医院，也似乎不妥。

“你们傻了吗？这么晚了，没关系的人跟着一起去，只会添乱。”

说话的是弘树。步美本想说点儿什么顶回去，可是步美母亲表示赞同“是啊”。步美父亲也说：“到医院后，你家人一定在那里等你吧。”

“对不起，比奈子。我们一慌只会给你增加不安吧。”步美说。

“谢谢你们。”比奈子摇摇头，小声嘀咕，眼泪快要夺眶而出。

这时，门铃响了。大家一起走到玄关，见一名穿着制服的女警官已候在门外。

“麻烦您了。”

比奈子低头敬礼后，开始穿鞋。

“记得给我发短信，什么时候都行。”

步美握着比奈子的手。比奈子紧紧回握一下后，转交给铃木家人。

比奈子坐进巡逻车后座。车开动了，比奈子隔着警官的肩头问道：

“我爸爸没事吧？”

“具体情况要到医院，问那里负责的人才知道。”

答案只有一句事务性的套话。

父亲到底怎么样了？母亲和慎司已到医院了吗？有没有联系哥哥良幸？不过，哥哥住在关西，要赶来也是明早的事。

或者，不管有多远，警察都会去接吗？

家里出了事，警察会特意到朋友的家里来迎接——这种事比奈子头一次听说。而且，打电话来联系的也是警察。

肯定是妈妈急坏了。可是让慎司打给我不也行吗？难不成，因为明天有模拟考试，他现在还在家里学习，不会吧。

——爸爸，死了。（发送）

——如果有什么我能够帮上忙的，尽管说。（收件）

——好像是由于妈妈的原因。但我也不太清楚。

我还没有见到爸爸妈妈。而且，现在慎司下落不明。他的电话也打不通。全家人四分五裂，聚不到一起。我现在在姨妈家等消息。……说是等消息，但自己也不知道，在等什么消息。

总之，警察也是的，今晚如果让他们中的一个跟我联系该多好。不知道为什么，我不知道自己该站在什么立场上，不知道该怎么办。哪怕只给我一点儿时间，为爸爸的死痛哭一下也好。（删除）

上午十点——

在医院待到天亮后，比奈子又辗转到警署，最后跟姨妈——田中晶子一道回家。晶子家在从“云雀之丘”往海岸方向，开车跑上三十分钟左右的住宅区。比奈子坐在副驾驶座上，晶子开着车在国道上奔驰。快到住宅区前，有一个叫做“新鲜斋藤”的超市，晶子把车开进里面的停车场，靠在离建筑物最近的地方。

“我在这里打零工。现在有点儿事要去办公室一趟，有什么需要的吗？我顺便买回来。”

比奈子没有松开安全带下车的意思。只安静地坐着，摇了摇头。

“有什么想吃的东西吗？”

比奈子还是摇头，晶子没办法只好取了手提袋，自己下了车。坐在车上的比奈子呆呆地望着车窗外，看晶子从自动门进去。那是个四周都镶着玻璃的透亮店堂。

可以看到稀稀疏疏的客流。并非周末，大清早就来购物，不得不让人想问——这些人是什么样的职位头衔？

母亲一般在傍晚四点左右，去“云雀之丘”前面的一个叫做“水平线”的超市购物。小学放学后，都会与慎司一起随母亲去超市。但每次听到母亲问“晚饭想吃什么呀”，抬头一看，母亲的脸总是朝向慎司的，自从意识到这点后，比奈子便尽量回避。

这个时间点来买东西的人们，也许没有想跟着来的孩子吧。

自动门的一旁贴着大大的海报。黄色的底板纸上，用红色荧光笔手写着几个字“鸡蛋一盒八十八”。跟想象中一样，价格便宜得让人难以置信，不过比奈子并没在意过“水平线”的鸡蛋价格。

说去办公室，可去办公室干什么呢，跟公司请假吗？如果被问起理由……她该不会回答——因为姐姐杀了姐夫？

咦？那个人……

透过玻璃窗，比奈子看到一张熟悉的面孔。

这人身系红色围裙，正帮着一名顾客模样的老人，把篮子从收银台提往窗边的前台。

啊，住在对门的阿姨。原来她在这种地方打零工。自己对门家里发生杀人事件，还能这样一如既往地打工。或者她还不知道出了什么事？

如果换作自己……即便发生杀人事件的是自己隔壁邻居，我想应该还是没法以平常心去学校吧。可是，即便现在，也没有理由不去学校。警察说，等父亲的遗体送回还需要一段时间。葬礼也是在那之后的事情。

远藤真弓放下篮子，朝停车场方向望去。同一瞬间，比奈子身体往前一移，伏下脸去。为什么？为什么要立刻躲起来？分明没做愧疚之事。

晶子提着装了鸡蛋的袋子回来。看一眼低头蜷缩在车中的比奈子。随即一言不发地启动了引擎。比奈子微抬起头，只见站在收银台的真弓仿佛正呆呆地注视着远方。

到晶子家后，比奈子被安排到玄关一旁的卧室。姨妈家离自己家其实很近。但建起房子后这五年来，比奈子还是第二次来。并非因为母亲与晶子关系不融洽。只是当外公外婆都过世后，亲戚之间的交往也就不过如此而已。

“总之，先吃点儿什么吧。我想你应该饿了。正是这种时候，更应该尽量做跟平日一样的事。就我们俩，吃方便面可以吗？”

比奈子默不做声地点点头。虽然没有食欲，但除此之外，也没别的事情可做。更没有睡意。为了接受这个摆在面前的突如其来的事故，首先还是做一些跟平常一样的事情为好。但是，方便面对比奈子来说，可不算平常。

母亲从来没把方便食品摆上过餐桌。一家人一起去拉面馆的次数，一只手也数得过来。上中学以后，跟“方便食品被全面禁止”的步美，两人趁着父母不在家的间隙，偷偷地吃过平生第一次碗装泡面。这么好吃的东西，为什么大人们要禁止我们吃呢？——两人吃得津津有味，还相约下次想吃时，再偷着吃。从那以后，三个月里总会吃上一次碗装泡面，可是，袋装泡面这还真是头一回。

“鸡蛋想怎么吃？”

晶子隔着厨房前柜问道。

“我一般直接打碎放进去，但姐姐一直都喜欢煮成荷包蛋后放进去，比奈子也喜欢那样吧？”

姐姐是谁？——比奈子一时没反应过来。

“姨妈，以前要吃方便面吗？”

“啊，你问这个呀，那是很久以前了。你也知道，我们家父母不是开过一家店吗，很忙的。所以周末的午饭，一般是姐姐做给我吃，因为是孩子嘛，所以就经常吃泡面啦。”

泡面上了桌，那飘着酱汁香味的汤里还浮着松软的鸡蛋。晶子在对面座位上坐下来。

“真好吃！我也想周末的午饭，有人给我做这个吃。”

“姐姐一般给你做什么呢？”

“从午饭开始就是自己编排的菜谱。鱼呀、蔬菜什么的比较多。DHA呀，枸橼酸呀，她说吃了这些东西，脑袋会变得更聪明，很好笑。”

“她精心考虑着比奈子和小慎的健康呀……比奈子，家里怎么样？”

“没特别的。”

说完，比奈子大口吃了一口面。晶子叹叹气，也拿起筷子。两人一齐刷刷地吃了起来。正打算喝汤，比奈子脑海里忽然响起一个声音。

——居然连汤都喝光，真不敢相信。那里面全是脂肪和盐啊。

是步美的妈妈。那是在铃木家一边吃晚饭，一边看电视时。

看到电视上一个相声演员，双手端起一大碗某知名拉面馆的面汤，咕噜咕噜喝得正起劲，步美的妈妈像哀叹般地说了这句话。不过，本就不介意这些事的弘树说：“课外活动完后，喝上这么一碗肯定很美味。”步美的爸爸也赞同：“喝完啤酒后，喝上这么一碗一定超级棒。”

“你们俩真是的。”步美妈妈似乎拿他们没辙，自己也小声嘀咕了一句，“不过的确看起来有点儿好吃。”惹得步美和比奈子都笑了。

在高桥家，吃饭时不许开电视。这个家里也没开。也许是他们的父母以前是这样教育的吧，比奈子想。刚进房间时，晶子把购物袋放到桌上，随手拿起了桌上的遥控器。可并没打开电视，而是提着购物袋进了厨房。

是犹豫了吧，也许害怕电视上正播放着我们家发生的事。

比奈子想起最近看的有关杀人事件的新闻——长期宅在家中的男子，刺杀了自己的父亲。被害现场，被害者的照片，加害者的照片，还有附近居住人们的证词，所有的一切都上了电视。

如若我家也那样的话，房子的照片，父亲的照片，母亲的照片，附近的……在超市打零工的对门阿姨，那一副茫然不知的表情。

晶子跟真弓关系好吗？晶子知道一起打工的同事，就住在自己姐姐对门吗？真弓知道一起打工的同事就是高桥淳子的妹妹吗？

晶子放下筷子，给比奈子的杯里添上麦茶。

“对了，比奈子。给我说说看，任何小事情都行，告诉我姐姐是不是遭到过姐夫的家庭暴力……”

“爸爸才不会做那种事！他对家里面每个人都很温柔。”

比奈子终于大声叫了出来。但晶子没有罢休。

“说不定在你们孩子不知道的什么地方，他们发生了争执。”

“这不可能。连爸爸大声叫喊什么的，我都从来没有听过。”

“那怎么会发生这种事呢？警察什么都没告诉我，知道线索的现在就只有比奈子你了。对了，小慎！会不会因为小慎的事情发生过争执？你也知道，明年不就要中考了嘛。姐夫会不会老给小慎加压，要他考医学部，结果姐姐就跟他发生了争执，有没有类似这样的事情？”

“爸爸对慎司没那期待。他让我和慎司选自己喜欢做的事情。他说，做什么都可以，但人一定要有梦想，然后为实现它而努力，爸爸什么都支持，他总是这么说。”

“不就是这个吗？叫现在的孩子要有梦想，那岂不是大大地给施加了压力？”

“请适可而止吧，你这么想污蔑我爸爸吗？”

“不是的。我只是怎么也不敢相信姐姐会杀人。你也知道，她那种性格，不可能因为吵吵架就搬东西砸人。而且，她以前连架都不会吵。一定有什么原因，我敢肯定。我们父母也不在了，现在就我们姐妹俩，能支持她的只有我了。”

这是加害者一方亲属的想法。其实比奈子也一样，如果母亲杀害的是素未谋面的中年男子，那么一定是被对方袭击，或者被恐吓了，比奈子可能也会想出这些拥护母亲的理由。

可是，被害人是父亲，比奈子没法像晶子那样思考。相反，冷静下来后，对母亲的恨逐渐加深。

“比奈子喜欢爸爸嘛。长相也像，气质也相似。那这样吧，如果设想是小慎干的，你能不能想到什么线索？”

“……不知道。”

比奈子呢喃一声，现在还并不像晶子那样急切地想知道真相。可是，当听说杀人犯是母亲时，比奈子的心底对慎司也怀疑过。

“听说你为了不打扰小慎学习，去朋友家了，对吧？我觉得，关于毕业后出路的事，小慎肯定觉得，姐夫虽然嘴巴上说让他选自己喜欢的，但实际心里还是希望自己去医学部。因此小慎才这么逼自己拼命学习。今天本来预定要考哪几门来着？”

“数学和理科。”

“看吧，果然，全是理科。这不就说明他在考虑要考医学部吗？说不定姐夫说一句，要好好学习哟，他就气上心头。总袒护着小慎的姐姐就……母亲都是这样呀，姐姐那性格的人，更是完全能想通。最重要的是，现在小慎还下落不明。这不是最好的证据吗？”

在“下落不明”一处，语气格外重，晶子一下站起身来。将自己喝光的大碗重叠在比奈子还剩下一些汤的碗上。然后，顺手翻书一般，拿起遥控器，打开电视。

两人提心吊胆地盯着画面，伴随着欢快的音乐，电视上正教着用番茄汁炖鸡肉和时令蔬菜做的一道料理。

那正是比奈子喜欢的，比奈子妈妈的一道拿手好菜。

——比奈子，没事吧？有什么能帮忙的，要尽管跟我说哟。（收件）

——谢谢。我现在在姨妈家。刚吃完面，精神多了。加了鸡蛋的面，超级好吃！（发送）

晚上九点二十分——

比奈子洗完澡，正准备踏上去二楼客房的台阶。想着该告诉姨妈一声。便去了客厅。

手刚触到门把，就听见姨父的声音从里面传来。

在食品公司上班的姨父，晚饭前刚回到家。三人一起吃了晚饭。除了安慰比奈子几句外，姨父完全没提及有关事件的话题。只是一边发泄在公司里的牢骚，一边说笑。他肯定也知道了发生的事情，只是特意回避着，比奈子想。因此对姨父那些无聊的“老爷子笑话”，比奈子也发出来自内心的微笑迎合着。然而——

“果然上电视啦。你看，这不是大姐家的房子吗？电视上，装模作样地打了点儿马赛克，还是看得一清二楚。而且，新闻还特意介绍说是这附近有名的高级住宅区。”

没敢推开门，但能想象出电视上自家的模样。作呕的感觉涌上心头，仿佛有只手在体内翻搅——拜托了，请不要玷污我的家，比奈子在心中祈祷。

那是一幢怀古风情的洋房。随着年龄的增长，比奈子越来越觉得它美观精致。年轻时，父亲一直在当医生还是当建筑师之间犹豫徘徊。那时，跟一个建筑方面的熟人一起设计建造了这栋房子。

——如果自己有一个分身的话，肯定当了建筑师。

听到父亲说这话时，比奈子刚上高中。比奈子所读的私立女子中学可以直升大学，但直升的大学里并没有建筑学科。高一快结束时，比奈子在大学志愿调查表上，选择了校外申报志愿。比奈子的理科一直都不差。

“喂喂，这不是我们结婚时的照片吗？该死的，是谁提供给媒体的哟。真不吉利。”

“谁知道，肯定是哪个认识的人吧。”

“话说回来，那孩子，要在我们家待到什么时候？”

“一段时间吧，我想在这儿照顾照顾她。”

“算了吧。这种事就不能拜托姐夫家的亲戚吗？”

“好像他们都住在离学校很远的地方。即便说让比奈子只在没去学校的这段时间寄住，也不太好办吧？对那方的人来说，是他们的亲人被杀了，他们说不定还对姐姐怀着敌意呢，如果发泄到比奈子身上，那孩子岂不是很可怜。”

“你的意思是说，我们家是加害者一方，所以没问题？”

“话不能这么说……你不也知道姐姐的为人吗？她不可能做出杀人这种事。”

“我才没有跟他们有那么深的交情。他家老给人一副‘不想跟穷人打交道’的架势。跟小慎一起打球的时候，他也总是一副臭脸，上面好像写着‘你说话水平真低’。”

“我觉得吧，打伤了姐夫的人应该是慎司。”

“这个我也想过。不管怎么说，这样一来，事情会轻松点儿。他人现在还没找到吧？”

“联络不上。……不过，应该只是时间问题。所以，即便现在姐姐袒护着他，等找到他后，事情就会水落石出。如果小慎是犯人，这事就是姐夫跟小慎之间的问题。那姐姐说不定还能归到被害者一列。”

“不过，姐姐的名字已经被曝光出来了呀。即便名字不一样[1]，但以往那些熟人肯定也能一下子认出来。而且，如果那孩子被发现住在这里，咱们就别想安宁了。”

“那你说该怎么办好？”

“总之，现在这个时期非常关键，一定不能再往这浑水里蹚。”

比奈子压住脚步声，离开门边。欲哭无泪。

不想蹚浑水——是人都会这样想吧。那么，我应该站在什么立场上呢。不是加害者，不是被害者，也不是案发现场的当事人。可是，也不能说蹚了浑水。因为事件双方都是自己的亲人。

警察问到昨晚情况时，比奈子讲了自己在步美家的事。分明当时来步美家接的人就是警察，警察应该早就调查确认了自己当时在步美家的这个情况。难道，是警察又去了步美家调查？

步美，还有她的家人，会不会也认为蹚了浑水呢？他们会不会也希望别再有任何瓜葛？

明天班主任要来这里，学校那边会不会也认为受到了牵连呢？

——步美，给你添了这么多麻烦，真不好意思。（发送）

[1] 日本女人结婚后随夫姓。原本田中淳子嫁到高桥家之后，改名叫“高桥淳子”。

——打了几次电话你都没接，我只好发短信。警察联络你了吗？我现在在晶子姨妈家，但感觉非常糟糕。姨父害怕被人知道自己是杀人犯的亲戚，正在想办法把我赶出去。不过，也难怪他。如果我是他们家的孩子，我想我也会赞同他的想法。

晶子姨妈好像在想方设法把事情往“犯人不是妈妈”“正当防卫”上面引。现在连“慎司是犯人”这一说都被她提出来了。对姨妈来说，也许这样最好。比起杀人的是自己姐姐，杀人的是自己的外甥，这样感觉起来，能稍微跟自己关系远一点儿，对吧。

被她这么一说，我也开始希望犯人是慎司。虽说都是亲人，但我身上流的是妈妈的血，跟慎司只是从同一父母那里生下来而已。如此一来，是不是就可以这样思考——材料如果有瑕疵，作为成品的我，身上也有可能发现瑕疵，但如果是一个成品上有瑕疵的话，那只能说，是这个成品本身不合格，与别的成品无关。

按照这个想法，哥哥，你会不会希望犯人是妈妈呢？

不过，世人不会思考到这些吧？

亲人就是亲人，没有给周围的任何人添麻烦，却为什么我们自家发生的事，非得向所有人公布不可，非得让那些跟我们家毫无关联的人都知道不可。不能给我们一些安宁吗？那些人根本从来没有考虑过我们的感受。

说不定，慎司就是害怕这个而逃走的。那个孩子向来单纯。

手机、钱包都没带，他会去哪里呢？

总之，我不想待在这里等别人赶，所以，我明天就回家。可以的话，希望哥哥你也回来。（发送）

下午一点——

晶子的车停在后门。私立S女子学院附属高中在离“云雀之丘”步行二十分钟的地方。比奈子下车来，“那放学后再联系吧。”说完，关上了车门。提出到学校来的是比奈子，她告诉晶子，是学校老师让来学校的，而告诉班主任则说，是姨妈让去学校的。

班主任大西佑美边四处张望，边从门后走出来。晶子正准备下车，被比奈子单手拦住。班主任礼仪式地点头招呼后，将比奈子带进学校。

这时，正好上第五节课，在走廊上不会碰见同学。大学刚毕业的班主任，平日里对待自己的学生像朋友般亲近。但今天却连一次都没正面瞧过比奈子一眼。

望着班主任默不做声地疾步行走的后背，比奈子想。

——她会把我想成哪一方呢？是杀人事件被害者的家人，还是加害者的家人？

也许是加害者的一方吧。如果只是父亲被杀，这位年轻的女老师应该会在看到的第一眼，就立即将孩子揽入怀中。

然后安慰道——比奈子，你打起精神来哟，老师会支持你的。

而现在却没有。

到了办公室一旁的“毕业去向指导办公室”，刚进门，端坐椅子上的年级主任立即站起身来，径直走到比奈子跟前。

“节哀顺变。突然发生这样的事，一定不好受。首先还是静下心来。”

主任望着比奈子，说完后，轻轻搀扶让比奈子在沙发上就座。对面坐着两位老师，但比奈子身体转向年级主任，视线与年级主任交会。

直系亲属去世的话，要过五天之后，才能够请丧假。听主任这么一说，比奈子感觉父亲像是得了急病，突然去世了一般。丧假完后，紧接着是期末考试，然后马上就到暑假。这悠长假期结束后，是不是一切就能恢复正常，像什么都没发生过，从零开始度过校园生活?

“我会被强令退学吗？”

“不会有那种事。这次的事情，学校方面最担心的是高桥你会不会成为第二被害者。我们会尽全力帮助你，保证你一如既往、安心地度过接下来的校园生活。”

剩下一年半。不过，还好不用一直待在这里，不用继续直升去读这个学校的大学。太好了……

为了成为建筑师，而决心选择了工学部的事情，比奈子跟任何人都还只字未提。母亲只从班主任那里听说，比奈子选了其他的大学。——好不容易进了直升大学的高中，根本不用再辛苦准备高考，就能直升大学，在里面随便选专业的——这是母亲的想法，但是对比奈子来说，为实现梦想而付出努力，并非苦差。

在模拟考试的志愿栏里，填上某知名大学的建筑学科，然后不经意地让父亲看到，他一定会大吃一惊，会为我高兴吧。

可是，他已经不在了。

那么，为了去世的父亲……

发生了这样的事，能顺利地升学吗？不只升学，就业、结婚不会受影响吗？接下来还能过上普普通通的生活吗？去一个陌生的城市，混杂在人群里面就能没事吗？能声称自己什么都没做过，堂堂正正地活下去吗？

这样一来……就跟晶子和班主任一样。无论他人如何评价，自己在意识上是属于加害者一方。

“大西老师你也说几句。”

被年级主任一催，班主任抬起头来。可她的视线却徘徊在比奈子对面的参考书架边缘。

“我想，你现在脑中一定很混乱吧。最重要的是好好休息。班上同学都挺担心你，如果能帮上忙的，来找我商量。可以用邮件。”

比奈子伸进口袋，握紧手机。

——老师，我的好朋友步美不回我短信。她一定是看了新闻吧？我应该是有很多朋友的，但谁也没给我发短信。（删除）

下午两点半——

第六节课开始之前，比奈子在年级主任和班主任的护送下，离开了学校。沿着新干线的边缘行走，突然停下脚步，看一眼映在道路旁商店玻璃上的自己。

——居然一直弓着背在行走，简直像极了对门家的那孩子。

离“云雀之丘”越近，比奈子感觉自己心跳越快。会不会有电视台或者周刊杂志记者，一直边藏边紧随在身后？擦身而过的每个人，是不是都在朝我这边望？会不会骂我是杀人犯的女儿，想捡起石头扔我？

可是，感觉不到这样的目光。比奈子环顾四周，没人在看。也许并没想象中闹得那么厉害。

没有任何需要卑屈的，比奈子挺直身躯，大步向前走。爬上这个坡就是“云雀之丘”了。回家前，比奈子进了附近的便利店。

——“微笑·云雀之丘店”。

站到桶装泡面货架前，突然，一旁有人跑来打招呼。是远藤彩花。

“你好。”

比奈子回应一声，又立即把目光转回货架。可是，彩花没有要离开的意思。

“发生这么多事，很辛苦吧。你来买东西？”

彩花朝比奈子的篮筐里瞧，里面装了茶饮和零食。以往，打完招呼后，彩花都会一副类似害羞的表情匆匆离去，可今天却异常亲热。

“如果你要买泡面的话，我向你推荐这个豚骨味的。”

彩花边指指货架，边朝比奈子靠过身来。接着——

“这里很危险哟。”她压低嗓音，“说不定有人在偷听。”

比奈子想不理会直接走开。可是，接下来一句出乎意料的话，挽住了比奈子的脚步。

“有什么可偷听的？”

“你不知道吗？啊，也是，你那时不在。不过，没听警察说吗？高公子……不，慎司君，事发当时，他正在这里哟。在那之后，就下落不明了。我母亲那时正巧在这里碰到他。后来还被警察问了好多问题呢。”

彩花一边左顾右盼，一边一副严肃的表情说道，但能感觉到她一股兴奋劲。对此比奈子虽心中不快，但眼下不是计较的时候。

——慎司在便利店碰见了彩花的母亲?

事发当时慎司不在家，听说是母亲让他外出透气，而就在这期间，母亲和父亲在一楼客厅发生争执，母亲拿起装饰柜上的奖杯，从后面向父亲砸了过去。这之后，慎司一直下落不明。

比奈子知道的这些，全是从警察那里得知的。

“喂，要不要我们找个地方谈谈？”

防盗摄影机和店员的视线等，在这一刻前，比奈子还根本没有特别留意，但此刻却感觉仿佛所有都聚焦在自己身上。

“我马上快要期末考试了哟。唉，没办法，还是帮你这一次吧。”

彩花一副自己吃了大亏的模样。

——平时根本不学习的人，还装……比奈子把挤到嘴边的话吞了回去。

比奈子领着彩花，沿着与新干线交会的坡道，背朝“云雀之丘”的方向下坡，进了一间卡拉OK包房。

“比奈子小姐平时也唱卡拉OK呀，真没想到。怎么样，来唱上两曲？”

彩花一脸兴奋，在房间里东张西望。说不定她才是真正第一次来。不，说不定连一个朋友都没有。

来的路上，比奈子问道，学校怎么放学这么早？彩花回答，自己感冒发烧早退。但是丝毫看不出发烧的模样。一听说对方请客，彩花便毫不客气地点了大份薯条和可乐。

想问清楚事件，才邀彩花出来的，结果她却只顾着眼前的薯条。等她吃完薯条的时间里，比奈子心烦意乱，只想赶紧问完撤退。

“那天晚上，发生了什么奇怪的事吗？”

“你具体是指什么样的事呢？”

彩花一副装傻的样子。

“争吵的声音，或者是摔东西之类的声音。”

“没什么特别的。这种声音，在家里能听见吗？”

彩花夸张地把脸往旁边一别。

“不是经常吗？”

“你这是，指我家？”

彩花鼓起脸来，恶狠狠地瞪着双眼。

“是谁家，我也不知道。”

“……真不像你呀。”

彩花故作扑哧一声，拍拍手笑道。

“哎呀，真是的，我一直以为比奈子小姐是个聪明的千金大小姐，很崇拜你的。结果没想到原来你这副模样，真让人失望。那种事情，一般人不都是即便听到了，也装没听见吗？”

彩花霎时收起笑脸。

“是我不对。不过，请告诉我吧，哪怕一点点儿都好。”

彩花竖起中指，放在嘴唇上“嘘——”

“好好，我知道啦。大概是十点吧，因为那时候电视上正在播《爆笑王国》呀，对啦，你看这种搞笑节目吗？我本来没有注意到的，都是妈妈，突然闯进屋来，打开窗户。结果就听到了，什么‘救命呀’‘原谅我吧’，还有回声呢，‘啊’、‘哦’之类的。”

彩花眯起眼睛，视线在微暗的天花板上转个不停。

“那是谁的声音？”

“你不知道吗？”

彩花边嬉皮笑脸地喝可乐，边把头转向比奈子。

“叫救命的是你母亲，另一个是慎司君。好像还有什么重物往墙上砸去，咚的一声。像这样。”

彩花像逗乐子一般，张开双手比画起来。

“发生了什么事，你们没去看看吗，或者去帮忙通知一下警察也好呀？你母亲不是也在吗？”

“你能不能别这么说话？”

彩花一哼，接着又叹了口气，说道：

“就猜你们会这么说，所以现在谁都不愿意说出真相哟。你倒说说看，比奈子小姐，你有为我家做过这样的事吗？”

彩花一副长辈般的架势，狠狠地瞪着比奈子。

“这个……”

“对吧？不过，如果说，有没有人去看情况的话，那‘亮片婆’有可能。啊，我是指小岛阿姨。我洗完澡十一点钟左右，那时全都安静下来了。我猜，她那时说不定去了你们家。看嘛，我妈去便利店的时候，是大约零点刚过。这里面有一段时间差，所以慎司君说不定跟这件事毫无关系。那推测的死亡时间大概是什么时候呢？据说是被抬到医院后才确认死亡的吧，那这样一来，岂不是不知道到底什么时候死的了嘛。”

彩花故意歪歪头。

“看嘛，这到底是怎么一回事嘛。你们自家人也不知道实情，哎。话说回来，比奈子小姐，你现在住在家里吗？”

彩花望过来的眼神在闪光。

“没有。”

“也是呀。现在如果还住在那里的话，会被人取笑的。昨天哟，来采访报告的车都排到‘云雀之丘’路口上去了。比奈子小姐你要一出现，说不定会像明星一样给包围起来。”

彩花喝干了可乐，用蘸了几滴玻璃杯水滴的手指，开始玩弄头发。

“我要不小心，说不定也会给拍到，所以刚才在便利店时，还特意整理了一下，才准备回家来着。哎，你看看，这头发，有没有乱呢？对了，来照个相嘛，纪念我们一起来唱卡拉OK。”

说着，彩花从口袋里取出手机，打开镜头朝比奈子的脸对过来。

“开什么玩笑！”

“哎呀，我说，别这么生气嘛。这次是你那边碰上了麻烦，我想办法帮你。对朋友也这种态度，会遭人讨厌的哟。”

彩花嘴角还留点儿余笑，说完把手机放回口袋。

“真没意思，我得走了。这个薯条给你吃吧。看菜单上的照片以为很好吃，就忍不住点了。但我现在在减肥中。比奈子小姐，你多好呀，不用担心减肥什么的，哎哟，你现在也没工夫担心嘛。”

呵呵——故意笑上两声后，彩花从座位上站起身来，朝着比奈子弹掉短裙上的灰尘。

“那好好保重了，加油哟。”

彩花食指中指一并，往脑门上一举，转身一溜烟走了。

——薯条和着盘子一块儿给她砸过去吧。

直到彩花消失在眼前，比奈子的膝盖上都紧握着拳头，嘴里狠狠地咬着牙。

一个暴性子，笨脑袋瓜，加上俗气。以前，在家附近碰面，打个招呼时并没感觉不快。也许因为那时自己对生活很满足，不，也许是对她有一些同情。

为彩花那一副装模作样、卑鄙下流的姿态而生气的自己，都觉得丢人。想不顾一切，放声大哭，但如果这么做，感觉对接下来可能发生的一切，自己都将会束手无策。

绝对不能像彩花那种孩子一样哭。

需要的情报到手了——十点左右，母亲跟慎司有过争执。十一点左右争执停息。还有，“云雀之丘”当前的情况。

一个疑问闪现脑海。

父亲下班后到家几点？

不能回“云雀之丘”的家，也不想回晶子家。

看一看钱包。还有八千元。坐新干线不够，但走高速路的话，也许刚好没问题。

——哥哥，我现在去你那里。（发送）

【七月三日（周三）晚上九点—七月五日（周五）下午四点】

【小岛里子1】

你好，里奈。在干什么呢？睡了吗？啊，你那边现在几点？晚上两点？哎呀哎呀，真不好意思。不过，出大事了哟。等等，不要叫小松起来，他明天不是要上班嘛，让他好好睡吧，我就跟你聊聊。

说来，你们那边的电视上看得到日本的新闻吗？啊，也是，不是什么大新闻的话也可能上电视。最近在播些什么样的新闻呢，啊，大臣下台？杀人事件呢？我一段时间没看了，怎么全是无聊新闻哟，重大事件反而不播。

发生杀人事件了哟。在“云雀之丘”，就是我们斜对门那家。不知道你还记得吗，那家很富丽堂皇的房子。说起来，你当时看到还非常羡慕呢。对，就那家。不敢相信吧？我也是。我一直以为如果要出事，也出在我们隔壁家，结果没想到是他们，真是大吃一惊呀。对，就是那个像小鸡棚一样的家，住在我们隔壁。经常有人把我们弄混，跑来问："请问那是您儿子的房子吗？"怎么可能，我怎么可能让小松住那种地方。而且，我家那房子可是建得完完整整的两户型，只是可能从外表上看不出来罢了。嗯，那个事件？啊，是呀，是呀……

真是奇妙的一晚哟。最初呢，大概七点半，突然听见隔壁的吵闹声。他们家经常这样。

我很早以前就注意到隔壁那家的吵闹声了。你也知道嘛，我不喜欢空调的，所以晚上闷热就开着窗户，结果一看电视……你们那边看得到电视吗？

你知道《欢迎来到帅哥俱乐部》吗？内容不怎么样，就是长得帅气的男孩帮助班上有问题的同学解除烦恼。不过，里面有一个叫高木俊介的，那孩子非常不错。不知道？对了，看不到电视也没关系，你可以上网搜一下。长得帅，但一点儿架子都没有，对人很有礼貌，跟小松上中学时挺像呀。不过，我们斜对面家的男孩，跟俊介更像哟。

他叫慎司君，现在下落不明。啊，怎么说着说着扯这么远了。

隔壁呀。我看着电视，就听见有人骂"该死的老太婆"。

我好奇往外一看，又听到这声音，结果才知道是隔壁邻居家的彩花。她平时看上去老老实实的，所以最初我不敢相信。听她大叫“反正我没考上”“天天都私立私立，你烦不烦人”。我才反应过来，原来是考试引起的……小松当年可没这么痛苦。所以我想反正是隔壁家自己的事情，与我无关，我就装作什么都没听到啦。

所以呀，本来前天晚上也这样……对对，我当时在看猜谜节目。俊介君出场了，轻轻松松就把那些难题解决了，我佩服极了。听说他在W高中上学哟。你也知道吧，小松大学里有几个朋友都是从那高中毕业的。非常好的学校哟。就在这时，隔壁那家开始闹了起来，我想把节目看完，所以一直没理会。可是，前天晚上彩花的声音听起来比平日还要歇斯底里。我担心她们会出事，但又不能因为这样，就跑去人家那里一探究竟吧。这时又偏偏碰上他爸一周上一天班的日子。如果通知警察，好像又大惊小怪。结果，正好有别人送的巧克力。就是料理课堂上的朋友去法国旅行带回来的特产。我觉得嘛，既然特意去了法国，那何必要买那种在任何一个地下商场都能买到的巧克力呢，不过正好，我拿来送人。

对了，里奈，我前些日子给你寄去的那个小挎包，你在用吗？我的得意之作哟，用起来不错吧。你喜欢那颜色吗？因为是送给你，所以我特意加了好多亮片呢。

不行，又跑题了。猜谜节目结束后，我就拿着那巧克力，鼓起勇气去了隔壁家。是太太出来开的门，一副很不耐烦的样子盯着我。好像在说“你来干什么的”。我分明好心好意担心她们才来的，结果还这样，你说她们是不是很没礼貌。我本想，如果需要，我可以认真指导她一下如何教育孩子，结果她居然说只是发现蟑螂而已，把我赶了出来。说有蟑螂，真是的。居然对我用这样粗俗的词，给她巧克力让我感觉吃了大亏。这种事情最好还是忘了吧，所以，我决定泡完澡就睡觉。

结果，十点左右吧，又有声音传来。我还以为隔壁又爆发了，突然发现这次情况有点儿不对。是个男孩的声音。像狼在远处嚎叫一般，啊呀，噢呀。紧接着，又听到女人的声音。同一个家里发出来的，所以应该是那家的太太或者姐姐。那声音听起来不太年轻了，所以我想应该是太太。但她平时看上去，不像会发出那种声音的人。不过，虽然看上去优雅，我总觉得她有做作的味道，所以我想她总算露出真面目了。我当然看得出来哟，这种事情。

气质这种东西，不是结婚前上几个月的补习班就能学会的哟。啊，别误会，我不是说里奈你。我说的是斜对面高桥家太太。你一直都很努力呀。不过，我觉得那个人也努力了。孩子们培养得彬彬有礼。一定是丈夫教育得好。

从高桥家传来这种声音还是头一次，这不更该报警吗，或者还是去看看情形为好，我当时心里特没底。但是，巧克力也没了，而且如果又像刚才那样撞个满脸灰，我才不干呢。所以我就忍着没去。那叫声持续了好长一段时间，真不知到底为什么吵。

我实在忍不下去了，觉得不能再这样袖手旁观，这时，听到一声“够了，适可而止。”是那家丈夫的声音。吓了我一跳呢，他居然在家里。他怎么不早点儿出来阻止呢。不过，还好那一声之后一切就安静下来。我想这下总算可以睡觉了，就上床睡了。可是，也许是因为一晚上听到两家人吵架，有些兴奋，怎么也睡不着。没办法，我只好做手工教室布置的作业，这个月是大手提袋，把亮片弄成蝴蝶形状缝制在袋子上。那可有点儿难度哟。我做好了给你寄去吧。对了对了，我正做得起劲，这时听到了救护车的声音。

我还在想哪家出事了呀，结果那救护车就在我家门前停了，吓我一跳。我赶紧出门看。原来是去了斜对门的高桥家。那时我还以为肯定是出了事故，或者是有人生病了。可是，巡逻车也来了，怎么看都觉得情况不对。等救护车走后，我去问警察究竟发生了什么事，可他们连我这个邻居都不给说，叫我退回去。接着第二天，记者团也来了，越看越不像件简单的事。后来，傍晚一看新闻，大吃一惊。

高桥家丈夫被打伤身亡，而下手的是他妻子。这是妻子亲口说的。据说是因为跟丈夫发生了争执。换句话说，杀人事件哟。丈夫是受害者，妻子是凶手。听说案发当时，孩子们都不在家。姐姐去了朋友家，慎司君当时正好去了便利店。你不觉得有点儿蹊跷吗？慎司呀。正好案发时没在家。而且说出去买东西了，但手机和钱包都放在家里。而且据电视台的人说，他现在还下落不明呢。看吧，警察就知道管我们问信息，电视台的人则会跟我们交换信息，我们提供过多少，他们也会告诉我们多少。

我提供了什么信息？也不是什么大不了的信息哟。就是事发当天夜里，高桥家和远藤家的孩子都闹脾气了，远藤家常有，但高桥家是第一次。所以，听说出了事的是高桥家，我大吃一惊呢。就这些。

另外，还说了这个。上周早晨，在可燃垃圾堆里发现了一个袋子，里面装有篮球、运动服和鞋子。这时慎司正好从家里出来，我跟他说起这事，他就急忙把那个垃圾袋捡了回去。要问我最近跟高桥家的谁有什么联系的话，也就只有这件事。原本想着彼此是邻居，想多帮帮他们，但现在这些年轻人的人际交往也就只有这副模样。

说起来，慎司君到底去哪里了呀。他的长相走在路上应该很显眼的。真的跟俊介很像哟。那个叫youtube对吧，你用它在网上搜索试试。不过，查事件的话，还是适可而止为好。我觉得寻根究底地查是一种无耻的行为。那叫“凑热闹”对吧？

我呢，最讨厌那种人。好，就这样吧，你帮我跟小松说吧。不过，不要误会了哟。

我打电话给你们，可不是因为这里就我和老伴两人，觉得不安，想你们回来。我可没这意思哟。

Part 3 远藤家

上午八点——

这条坡道象征着偏差值[1]。

每天清晨，朝通往学校的方向下坡时，彩花都会这样想。

“云雀之丘”往上步行十五分钟，是私立K中学——高桥慎司在读的私立男子中学。东大合格率高居全县第一，升入私立N大学的合格率超过了百分之九十五。也是离自家最近的学校。但对彩花来说，即便自己是男孩，那地方也恍如另一个世界。

[1] 所谓“偏差值”，是日本人对学生智能、学力的一项计算公式值，衡量学生的学习能力，并且作为录取的重要标准。

在与“云雀之丘”的坡道第一个交叉的铁道口，向右手转，走十分钟，便到了私立S女子学院。那是母亲期望彩花能考上的学校。高桥比奈子在读的高中。一所聚集了千金小姐的名校，可以直通读到大学或高职。而且学校制服格外漂亮。但是，那里也与彩花无缘。

与另一个世界的制服和漂亮的制服擦肩而过，沿着坡道一直下到最底端，降到完全平地时，就到了市立A中学。从“云雀之丘”到这里需步行三十分钟。这便是彩花的学校。说不上是坏孩子的聚集地。由于离自己家近，不用交学费等理由选择这所学校，既孝顺父母又学习优异的大有人在。成绩排名虽然没有详细公开，但彩花觉得自己应该在年级两百多人中差不多排三十位。绝对不算差。学校的老师和设备也都不差。制服是水手服，也不讨厌。可是，为什么，每天去学校时，都有一种向底层掉落的感觉。即便到学校后，也感觉足底站立不稳，似乎要朝深沟中偏斜。若此时有球飞来，或许会当场跌倒。教室、走廊、操场，一切看起来都微妙地倾斜着。

都是那坡道的错。如果住在学校附近的平地上，径直就可以走去，到学校后所有的景象也应该是平直的。

而现在，每天从这坡道往下走，就感觉自己在向没用的人聚集的世界进发。“等级”这种东西，原来实实在在地存在于这世上，那些自己穿不上的高等制服，与它们擦肩而过时，都感觉身体表层的薄皮在一片一片剥落般疼痛。但是，放学后，一步步走上坡时，却丝毫没有逐渐上升的优越感，只是一边想着明日的痛楚，一边消耗掉全身的体力。

随着坡道上升的，不只是学校的偏差值。地价也节节高升。大汗淋漓地走在“云雀之丘”坡道上的彩花，完全无法理解为什么海拔越高，价值也越高。不单是放学，就连去一趟便利店都很费事，到底有什么好。难道方便俯视下层的生活吗？可是，成日俯视着街道的景色何趣之有。每日爬上爬下就已筋疲力尽。如果想看风景，住在沿海边的高层住宅里，不知舒服多少倍。住在山坡上，也许夜景比较漂亮，但这感动又能持续多久呢。

“喂，彩花，你家住在K中五号的对门吗？”

彩花刚进教室，志保就跑了过来。她是同级篮球部的同学。

在A中，身体较弱的除外，所有学生都会被半强制性要求加入运动部。进校不久，彩花加入了篮球部。并非出于自身爱好，只因有三个选择，其中芭蕾部和网球部，在小学已经开设活动部。初学者和前辈之间差距不太大的，只有篮球部。但是，彩花原本就身材矮小，加之不擅长运动，不到几个月差距便拉了出来。

正式队员与替补，这种关系，在课外活动之后都适用。班上女孩们的团体几乎按照各自活动部区分，其中又分为正式组和替补组。而班级整体的主导权都掌握在正式组手中。

如果按照成绩，根本不会有这样肩身狭窄的感觉。一二年级时虽然熬得艰难，但这种课外活动也已所剩无几。无论任何运动，如果在暑假第一周举行的县预选赛上输掉，就不能参加八月中旬的比赛，上三年级后所有人都会自动引退。

正式队员无论如何努力，都不可能敌过私立强队。因此七月的引退无疑。从这之后，教室里的气氛完全进入考试状态，班上的主动权也应该会由成绩排名来决定了吧，彩花翘首期盼着。

虽同处一部，但在教室里，替补队员彩花与正式队员志保却几乎从未接触。当然，志保也不可能知道彩花家住“云雀之丘”。

志保口中的K中五号，是指K中篮球队的五号——慎司。

“他家住我家对门，你怎么知道的？”

“我前段时间去了呀。”

“去了我家？”

“不是，是去了五号家。他上周的比赛不是没来吗，我担心他受伤了，想去看望他。”

入学不久，慎司便加入了学校的篮球部，初一下半期就开始作为正式队员上场比赛。不过，志保开始在场上叫呼“K中五号真帅”！那是去年秋天高木俊介出道后。志保的随身物品上全都是俊介。每次更换手机待机画面，志保都会自动跑来，炫耀一番：“看，这不错吧。这可是只有粉丝俱乐部会员才能下载的照片哟。”

结果，她发现了慎司。在A中对K中的篮球赛上，“那个五号的侧脸长得有点儿像俊介呀”这句话到比赛结束时就变成了“五号真帅”！从那以后，志保便开始对慎司穷追不舍。

原本毫无感觉的人，就因为与自己喜欢的偶像有几分相似，就能那么痴迷？

能吧，彩花想。俊介君成了全部女生的共同话题，为了能跟大家有点儿共同语言，彩花也不时看一看俊介演出的节目。然而，真正喜欢上俊介，是源自母亲的一句话。

——啊，那个孩子，你觉不觉得跟对门的慎司君长得挺像?

——俊介像那高公子？有没有搞错？你该买老花眼镜了吧?

虽然当着母亲矢口否认，可仔细一看，侧脸和眉眼的确非常相似。从那之后，只要有俊介的杂志，彩花通通收集，有俊介演出的节目也全盘收录。

刚搬到“云雀之丘”的那天，跟随父母去高桥家拜访。慎司正在院子里打篮球。从那时起，彩花就一直在心底对慎司抱有好感。

——你们同龄，要多多关照哟。

淳子阿姨的一句话让彩花兴奋不已。阅读描写青梅竹马爱情故事的漫画时，彩花就把里面的主人公设想为自己和慎司。那个时候，彩花对接下来的生活满怀期待。

可是，不知过了多久，那漫画般的浪漫故事都没有上演，甚至跟慎司连话都没说上几句。即便偶尔碰面，看着慎司穿着另一个世界的制服，彩花也不愿前去搭话。若说错了什么，被他在心底嘲笑，该如何是好？但即便如此，单是见到慎司，都会觉得一整天福星高照。也许能忍受那每天爬坡的辛苦，也是因为想到可能会在门前遇见慎司。多想一直都能看到慎司，一直，一直……

母亲那时无心一言，让彩花眼中的俊介与慎司发生了略微重叠。

弄到慎司的照片也许有难度，但俊介的就容易了。不能一直看到慎司，但俊介君的录像可以看到腻。喜欢慎司的事情谁也不能说，但是俊介的话，哪怕是最不愿意告诉的母亲，也但说无妨。

通过网上竞拍，把一直想要的一张俊介海报弄到了手。那海报上回眸一笑的俊介像极了慎司。而且，暑假还定好去看俊介的演唱会。

所以，志保的心情并非完全没法理解，但她像追星族一般对慎司穷追不舍，彩花自然不悦。

比赛中，光明正大地拍慎司的照片，比赛一结束，就冲上前去递上慰劳的冷饮。志保现在所做的一切，彩花都梦寐已久。比起志保，分明自己离慎司更近，为什么。不，也许正因为太近，才无能为力。

每当听到志保口中迸出慎司的名字，彩花心中都很不是滋味。

终于，上周，志保特意为慎司做了饼干，并在活动部的女生面前宣称比赛结束后，要亲自交给慎司。

“要能交到跟俊介君长得像的男朋友，那岂不是超有面子。”

听到这话，彩花心底燃起了怒火。这分明是不喜欢，但想利用对方嘛，如果你喜欢俊介，跟俊介告白不就好了吗。

但想归想，彩花却并没当面顶撞正式队员志保的勇气，只在背后折射仇恨的目光。

比赛的开幕式上，彩花的视线一刻也不敢离开志保。只要志保稍稍跳出视线，彩花便心烦意乱。不过，最终白担心了一场，慎司并没来参赛。他怎么了，会不会发烧感冒了，虽有担心，但眼下志保没能告白成，彩花也总算松了口气。

可是，志保似乎没就此罢休。据说她从自己小学同学，现在和慎司在同一K中学读书的人口中，得知了慎司家的地址。

“听说是‘云雀之丘’最小的一家，我便去探访了一下。”

听到这句话，彩花顿时感觉周身如针刺般疼痛，眼前一片空白，头晕目眩。却又被志保的声音拉了回来。

志保一人去了“云雀之丘”。绕着整个住宅区转三十分钟后，找到了最小的一户人家，一按门铃。

“像在哪里见到过，我仔细一想，原来是彩花的妈妈，吓了我一跳呀。”

彩花让母亲用小车载自己来过几次会场。好好地待在车里就行，可母亲却偏偏每逢穿A中校服的学生，便下车打招呼——我家彩花一直承蒙大家照顾，谢谢大家——这么一来，彩花的妈妈在同学之中几乎无人不晓。

“说来，你妈妈长得和你一模一样呀，简直都可以想象出彩花二十年后的模样了，真好笑。你妈妈在‘新鲜斋藤’收银吧，我还以为是彩花呢。啊，说来，说不定还真适合你哟。”

不是值得炫耀的母亲不要紧，但希望不要出现在同学们面前，彩花咬紧牙关默不做声。志保在一旁哈哈大笑。“我发现错了，就赶忙给我朋友打电话，结果他说是对面。”说完又捧腹大笑。

“远藤——这名字有点儿熟，我当时连你的脸都浮现在脑海了哟。本来不知道五号的名字，不过现在知道了，他叫高桥慎司。我若早点儿确认，也不会像那样了，好不容易找到他家门口，结果紧张得什么都没干成便回去了。不过，这次做得正确。因为……对吧。说来，彩花，住在那样的家对门，你日子过得不轻松吧。”

志保笑完后，拍了两下彩花双臂，回到座位。新一天才刚开始，彩花已唉声叹气。志保身旁三五成群，彩花四周却空无一人。平日里一起吃午餐便当的朋友倒是有，但此刻似乎也不愿答理刚被志保嘲笑了的彩花。只是从远远的地方朝这边瞥上几眼。算了，我不在乎，那种天天都黏在一起的朋友我才不要呢。

——上中学后，我们要经常一块儿去买东西唱卡拉OK哟！

——搬了家我们也是朋友哈。

——去了S女中后，也不要忘了我们哟。

无论哪条都是近三年前的短信。

脚下的地板感觉更加倾斜了。仿佛自己要连带桌子一起翻倒在地，作呕的感觉涌上心头。如果真在教室吐了，那么，哪怕课外活动结束，哪怕学习上再怎么努力，从今以后也不可能再有翻身之日。

彩花强忍着站起身来，冲出教室。走廊也如此倾斜。

究竟为什么会变成这样？

上午十点——

真弓去“新鲜斋藤”打早点工，做早礼时，从店长那里得知，晶子今天开始请假，据说是身体不适。店长让贴出新的招工告示，并嘱咐大家，在找到接替的人之前，要把晶子的活儿也干着。病得这么严重呀，真弓有些担心。

虽有年龄差，但在整个卖场里，真弓与晶子最为投机。得知各自打零工的原因都是为了还住房贷款后，两人常在一起发牢骚扯家常。装修和园艺方面，两人无话不谈。有关收入和家庭住址这些隐私，都缄口不言。对此默契，彼此都抱有好感。

得知晶子请假，真弓首先想到的是重病，但又从别的职员口中听到“晶子怀孕了”一说。这么说来，听她提起过想要孩子。记得她说她姐姐都已经有了两个孩子。

——简直是一个公主两个王子哟，可爱极了。电视和杂志上说，养育小孩不管是经济上，还是精神上都非常辛苦，对吧，我刚结婚那时也挺担心，但是看到姐姐的孩子们，我就觉得有小孩真好。而且，姐姐还有一个跟她没血缘关系的，是她老公以前的孩子。姐姐跟那孩子关系好像也处得不错。你看，这么看来，养孩子这事根本就一点儿不可怕嘛，你觉不觉得？真弓你也有个女儿对吧，真羡慕呀。

“羡慕”两字话音刚落，彩花扯着嗓子大喊的声音就响彻耳旁。如果让晶子看到我家那整天整夜的闹剧，晶子还会想要孩子吗？

——我家那孩子可任性了，没少让我操心，我夏天还必须陪她一起去看一个叫俊介的明星演唱会呢。

——这不很好吗？我也喜欢俊介呀。真羡慕，母女俩一起去看演唱会。还是生女孩儿好。

勉强可以拿来炫耀的东西，如果没观众也是一场空欢喜。看来还是托了俊介的福。

如果真有喜，那呕吐应该很严重。等工作忙完后，发短信去慰问一下，如果能去的话，去看望一下她吧。她现在多半上街买东西都不方便，若我能从这里给她顺便带点儿东西去，她肯定会高兴的。她会住在什么样的地方呢？单是想象，真弓都已经兴奋不已。

上午十一点，真弓一边把特价促销的苹果摆上货架，一边哼着俊介的新歌小调。

上午十一点——

不知过了多久，倾斜的地面都没恢复，反而倾斜得愈加厉害，甚至开始旋转。呕吐的感觉一直无法消除，彩花只好从第二节课开始待在保健室。

“你说你觉得恶心呕吐？可我看你满面红光呀。再观察一小时，如果还不舒服再来找我。”

对跟彩花同时间到来的二年级女生，保健室教员这样说道，将她们赶了回去。但看到彩花时，脸上却一副写着“怎么又是你”的表情，一言不发地拉开靠窗床铺的帘帐。

为什么不能像对别的孩子那样亲切呢……没办法。患了“坡道病”的孩子，当然会遭人厌烦。对眼中世界是平直的人来说，怎么可能理解患了“坡道病”的心情。

彩花躺下来，将枕头立起垫在脑后，这才略感世界稍有平缓。再也受不了那坡道了，我根本就不想搬到那里，根本就不想参加什么升学考试。

全都怪妈妈。

——我不想住在这么小的公寓里，想住单独一户庭院的房子呀。

从彩花记事开始，便常听母亲这样念叨。母亲不时拿出住房广告单问：“这里面哪家好呢？”而且，还不止一次被母亲带去参加她结婚前工作过的住房展销会。每次去，母亲都会念叨：“我就是在这里遇见你爸的哟。”

尽管如此，这些并不足以让人生厌。

父亲偶尔会带回一些厚厚的商品宣传册，专门介绍壁纸和窗帘的。彩花也兴致盎然地翻看。“我的房间里要挂这样的窗帘，厨房的墙要这种样式……”一边看一边跟母亲一起策划是件开心的事。彩花时而画画，时而把空了的餐巾纸盒做成玩偶的房间，父亲都会赞美上几句“彩花真有眼光”。

——彩花也很想早点儿住上一户庭院的家吧？

被母亲这样问，彩花每次都兴高采烈地点头。但彩花心中所描绘的，是在自己住惯的地方建起的新家，然后在家附近的公立中学读书，跟从小一起长大的伙伴们，一边聊天一边慢悠悠地走路上学。这附近的课外活动也好像并不活跃，进一个文化系活动组轻松地过就行了。周末时，就一群人聚集到一人家中，挤在一个狭小的屋子里，畅谈心仪的男生和崇拜的偶像。还有俊介的演唱会，其实也想跟朋友一起去。

可是，一切都成了泡影。新家建在了别的住宅区内。而且，还高耸在山坡上，那些高大房屋聚集之地，名曰“云雀之丘”。

——不动产商买下“云雀之丘”的一块土地用来道路扩张，可是好像用不完，据说现在正打算找人买那四十平方的土地。

刚上小学六年级的一天晚饭时，父亲突然说道。关于道路，彩花摸不着头脑，但看到母亲高兴得快要跳起来的样子，想必一定是件喜事。

——“云雀之丘”，那个“云雀之丘”哟。咱们可以在“云雀之丘”建房子了。

母亲跟唱歌似的不断重复着。说不定真的在唱歌。那年年底，房子建起来之后，彩花才得知那里原来是市里最高级的住宅区。

——真羡慕呀，彩花。你们要搬去那么高级的住宅区，你岂不成千金小姐了。

新房建成时，原来住处附近的阿姨们都特意前来送礼祝贺。被她们称作千金小姐，彩花吃了一惊，那地方真有这么了不起吗，地名上带了小鸟的名字，感觉不失可爱，在那里建的房子也会可爱吧，小小的彩花那时心里只有这个想法。但住进了高级住宅区，并不意味着就成了千金小姐。

——在“云雀之丘”住的话，可以走路去S女子中学读书哟。彩花学习也不差，现在开始努力，一定来得及。喂，喂，喂，好不好嘛，咱们参加考试吧。

母亲一边从新房二楼的窗户向外望着，一边说道。对门穿着漂亮制服的女孩子映入眼帘。

中学应试——上六年级后，彩花从未想过。同班的同学中也有参加考试的孩子，但不是体育特长生，就是成绩出类拔萃的人。要跟这些人竞争，无论怎么想都觉得不可能。即便考上了，今后能否跟上也成问题，另外，彩花也没信心能跟那些千金小姐成为朋友。不可能的，这句话感觉对母亲说过三十遍有余。

可是，兴头上的真弓哪能听进。

“我们家在‘云雀之丘’建了房子。而且，彩花要参加S女子学校的考试。”那时，无论见到谁，母亲都会念叨同样的台词。挂着耳朵听她自吹自擂，随意迎合两句，但背地板脸皱眉的人应该不少吧。即便如此，只要自己的理想都实现了，被人厌烦，也没什么丢人。

但是，彩花考试落榜了。乔迁新居原本定在毕业典礼后，可考试结果一出，全家人便马马虎虎地打几声招呼便搬走了。还没来得及在毕业典礼上跟朋友们好好道别，就像被捆住手臂一般，被母亲匆忙地拉扯走。然后，四月进入市立A中学。没有熟悉的面孔。朋友倒是交到了，但没人跟自己一样，走那条坡道上学。

“云雀之丘”最小的房子……志保的这句话真想让母亲也听到。

那样的房子，没了该多好。到底要怎么做才能从这“坡道病”中解脱。

下午一点——

午休时间，真弓回到办公室，同为打工职员的美和子正手拿摇控板调着电视。后进公司的美和子，比真弓年龄大，爱说闲话。中午不得不和这种人一起吃饭，被别人瞧见会怎么说呢，真弓尽量避开与她眼神交会，从自己更衣柜里取出便当。

“自己做的便当呀，你真能节约呢。”

美和子大口吃着从熟食处买来的稻荷神寿司，朝真弓的便当盒凑过来。干炸肉丸，鱼粉拌紫菜，对彩花来说是毫无怨言的黄金搭配，但对真弓来说，却并非能拿出手的便当。

“给上中学的女儿做便当时，顺便多做了点儿。”

“啊，你女儿呀，中学生？在哪里读书呢？”

“……A中学。”

“A中学的话，岂不离你家很远呀。不过，她肯进公立学校，很孝顺嘛。我家那女儿呀，我求她至少高中，去给我读公立吧，她就是不肯，说些什么‘制服漂亮’，硬要去考S高中。我本来想，反正她平日里完全没好好学习，铁定考不上，就让她去考了试试，当做个纪念。哪知道，她还真考上了。我老公也吓了一跳哟。女儿倒高兴，我们这些当父母的可就惨了。学费贵，地方又远，又花交通费，修学旅行还要去海外，这些额外的费用数不胜数。现在才高二，我打工的钱就全花她身上去了。真够累人哟。你呢？你在这里的工资能拿来做零花钱用吗？”

“怎么可能。我们家那房贷也头痛。”

“啊，是吗，自己建的房子？真羡慕啊。要我们家也是这样，也许我还能感到现在的辛苦有部分为的是自己。但现在什么都围着孩子转。养孩子这事儿虽说是父母的义务，但什么都给孩子了，还是受不住呀。”

美和子在炫耀吗？是瞧不起彩花读的公立学校吗？不，但也感觉像真在羡慕我家。美和子每日的午餐是一盒三个一百二十六元的稻荷神寿司。也许她家生活真的不容易。虽然我羡慕她女儿在那所彩花没能考上的好学校读书，但如果当初彩花真考上了，那么此刻，也许我也会抱怨着同样的事。单是偿还房子的贷款，就已非常辛苦了，若彩花当初真考上了……

现在的我也许要转移到更艰苦的工作部门才行，或者到别的地方，去再打一份工。不过，她应该也就不会像现在这样乱发脾气了。

也许身体上会辛苦一些，但至少不会像现在，受精神上的罪。

还是不该让她参加考试。

比起没考进S中学，考试失败了这件事本身，应该更伤她的自尊心。若当初让她进她本来就能进的公立学校，也许这没日没夜的脾气也就没了吧。完全没想到事情会变成这样。我劝她参加考试，哪里是想伤她自尊心，一切都是为了她好啊。

让她进私立学校，这是在建新房之前，我就一直想着的事情。进了好学校，就能交到优秀的朋友，遇见优秀的老师，而且以后能在好的单位就业，将来还能遇到条件更好的另一半。这美好的一切，只需要通过小学六年级时的努力，就能够得到手的话，那么作为父母，让孩子去参加考试不是理所当然吗？可是，当时住宅区周围并没有私立学校。她一个女孩子，我自然希望她上学能不用特地骑车或者乘车。正因为我一直这么想，所以当听到能在“云雀之丘”建房时，立即感觉机会来了。好学校近在咫尺，哪有比这更好的地方。高兴，并非是因为能在高级住宅区划一块地，如果单要建房，之前住的地方，或者是“新鲜斋藤”附近，同样的价格能建比那大一个半的房子。夫妻两人的话，住哪里都无所谓，主要还是考虑到女儿的成长环境，才下了这个决定。

没想到彩花会考试失利。

一直都觉得彩花是非常能干的孩子。在她还没记事前，就跟附近的孩子有所不同。如果给她穿百分之百的纯棉衣服，她会兴奋雀跃，但只要衣服里稍稍混了些丙烯，一穿上，她就会立即察觉，马上哭出来。还有她平日喝惯了的果汁，因为缺货给她换成别的厂家，她喝一口便能察觉不对，立即吐出来。所以我一直觉得她是个感觉敏锐、心思细腻的孩子。

我想，这样的孩子一定非常聪明。

启介笑话说，你这是爱孩子爱傻了，她只是我俩的孩子呀。但我说，我们俩如今的人生中哪有比别人差。我没有期望太高，只希望她能按照自己的节奏，走一段普通的人生路。如果我父母当年能对我教育上这么用心，我说不定也参加了中学应试。如果当时家附近有好学校，我说不定也朝着那方向努力了。并非我能力的问题，而是环境上的差异。

幸好，有了能给彩花提供好环境的机会，剩下的就全靠彩花的努力了。

上小学后，彩花的成绩不算班上最拔尖，但中上有余。去学校参观时，她虽然不是课上积极举手发言的孩子，但被点到名时，都能回答正确。真弓并不认为这点就是彩花的实力。公立学校，尤其是小学阶段，老师们尽量让每个孩子都能均衡发展，并不会过多照顾那些本身有天赋的孩子。只要稍加栽培，让她找到诀窍，那么敏锐细腻的彩花应该能取得更大的进步。

而且，彩花自己也有干劲。考试报名前，就逢人便说自己报考了S女中的事。

——跟大家分开不会伤心吗？

——完全没问题，到S中学去后再交新朋友就是。

无论谁问起，彩花都一脸平静地回答。所以，这应试怎么能完全说成是被逼的呢？

可是，现在每天受到责难的却是真弓。

“喂，真弓，你知道这条新闻吗？”眼睛盯着电视上午间新闻的美和子，一边添茶一边转向真弓。

打算绝对不提及的话题，结果还是扯上来了，真让人讨厌。

长期将自己关闭在房里的男性杀害父亲的事件。真弓每次看到这条新闻，在脑中都会响起彩花的尖叫声。

“那条新闻我不太清楚。”

“可是，从前天开始电视台播过好多次，你应该也看过一眼吧？一家人自相残杀，这种事情亏那些人做得出来。”

“是呀。”

“发生这件事后，那家附近的人们都说，‘完全不敢相信呀，看上去非常幸福的一家子哟’什么的，可是，你说他们这话是真的吗？”

“不是吗？”

“一直都很幸福，突然有一天就把对方杀了？你有想过杀了自己的丈夫吗？”

“怎么可能。”

觉得启介再怎么不可靠，也从来没有想过这种事。结婚到现在，从来没动过一次手，没挨过一次骂，这么说来，说不定他还能称得上是个比较好的丈夫。

那如果他出轨了呢？那当然会很生气。说不定会一巴掌扇过去。一时半会见到他都会心烦，绝对不跟他讲话。但即便如此，也不至于会想杀了他，也想象不出会为启介使那么大力气的自己。

“我家两口也常吵架，但很快就和好了。根本不会想杀不杀的。那女儿呢？”

“那怎么可能！”

声音大得真弓自己都吓了一跳。为何要如此认真地反驳，自己也不知道。为什么提到启介和提到彩花时，自己的反应如此大相径庭。

“是吧，都是一家人，发生再怎么不顺意的事，也不至于到杀对方的份上吧。一般家庭应该都这样的。但那些出了事的家，即便杀人行为是一时昏了头脑干出来的傻事，平日里也一定有什么压抑着的事，一直压着压着，才压出了问题。可为什么周围的人谁都没留意呢。”

“是啊……”

“我想那些邻居肯定在摄像头面前装傻，其实他们心里想的完全是另一回事。”

说完，美和子一口气喝完茶，开始梳妆整理。

如果出了事的是我们家，电视台和警察跑来这超市调查，这个人会说些什么呢？真弓看着往嘴上涂抹绯红唇彩的美和子，想象从那张嘴里可能吐出的言辞。

——好像她还房贷款还得很辛苦哟。非常节约，午饭只吃点儿自己带的便当，便当里只有些冷冻食品。我想她女儿分明读的公立学校嘛，不需要这么节约呀。后来才知道原来她家住在“云雀之丘”。为了死撑面子，特意去那种高级住宅区建房子。一心想着钱的事情，所以把家里气氛弄得紧紧张张的。不过，这归结回来，还是该怪这个贫富差距大的隔差社会吧。

稍微涉及的话题，这个人的嘴里也许都会放大十倍。说起来，传言晶子有喜的也是这人。我全信了她的话，还打算去医院看望晶子，但实际上这说法根本无凭无据。如若晶子患的是什么不孕之病，那去看她岂不反倒伤了她的心。

别管人家分内之事，不妄加揣测，口无遮拦。所以即便见了，大部分人也佯装不知。这样做了，也无人怨言，这是准则。

下午两点——

很久之后，也不见身体状况好转，便当也吃不下，彩花只好提前离开学校，趁着午休时间，返回教室去取书包。同为球队替补成员的尚美跑来帮忙收拾。

一个人行吗？尚美温柔的话音刚落，后面就传来志保的嚷嚷声。

“哎呀，没人来接吗？你不是‘云雀之丘’的千金吗？不过，是最迷你的那户人家。”

瞬间，教室的角落笑声响成一片。尚美也满脸惶恐不安地看着彩花。彩花一言不发，狠狠地怒视志保。

“哎呀，真讨厌，千金小姐朝这边瞪着呢。”

这点儿程度不可能让志保胆怯。教室里更闹腾了。

住手，住手，住手……教室的景象仿佛要颠倒，地板也感觉开始倾斜。为了不摔倒，彩花双手举起手边的椅子，使出全身力气向志保砸去……可是，志保身体一转，避了开去。教室里笑声更响了。“真恶心”“好可怕哟”各种嘲讽声此起彼伏。彩花一溜烟冲出了教室。

孤身一人默不做声地走着上坡路。为什么我要承受这般羞辱？住到“云雀之丘”，分明该怪的是母亲。而且，为什么大家都用有色眼镜看“云雀之丘”。那种地方，根本没什么特别。也许地价是高，且全是大房子。可是，要说住在那里的人都与众不同，那未必见得。像“亮片婆”那样的，就是随处可见的典型多嘴老太婆。记得开学典礼完后的第二天，爬完坡，疲惫不堪地回到家时，正巧与在家门口打扫清洁的“亮片婆”四目相对，只好立刻停下脚步打招呼“您好”。她也冲这边回之一笑“你回来了呀”。除此之外，彼此就无一句多余的话。

——你不是跟比奈子一样上的S女中吧……你这种制服还没见过呢，是哪个学校的呢？

——A中学。

——A中学，不是在海边吗？不好意思，我对坡下面不太熟悉。那你一定很辛苦吧，每天都要爬上爬下。不过，你年轻，应该没事，真羡慕年轻人呀。人一上年纪，哪还经得起这般折腾，我最近一次下坡都不知道要追溯到猴年马月去了。

能感受到住在山坡上痛苦的，恐怕只有每天不得不下坡的人。彩花的学校，母亲打工的超市，父亲工作的公司，全在坡下。而像“亮片婆”这种背着奇怪小挎包的阔太太，只需在坡上就能生活。那小挎包说不定在这些住坡上的人眼中，还是种时尚。这地方本来就只能住这样的人。

不想回去，不想回去，不想回去。

快到新干线轨道时，一张熟悉的面孔朝这边走了过来。

是慎司！

为什么他会在这里，分明还没放学，这样到处乱逛被谁发现了怎么办？不过，他似乎也不在乎旁人的眼光。跟他搭话吧。

正在犹豫不决，慎司已经过了人行道，朝这边走来。他好像低沉着脸，与彩花擦肩而过时，两人瞬间互相望一眼。啊！彩花不禁叫出声来，可慎司犹如陌生人一般，头也不回地继续前行。

分明看见了却装作没见，当我是傻子。穿着K中制服的慎司犹如来自另一个世界的人，犹豫了一阵要不要跟他打招呼，但如果他现在是在逃学的话，那此刻我岂不是处在跟他同等地位上，不，我没逃学不需要内疚，因此从这方面说，我应该比他处在优越的位置上。

“喂，你等一下。”

彩花叫道，声音大得自己也吃了一惊。慎司停下脚步，转过身来。

“干什么？”

如果他一副不耐烦的样子，那就立即抱怨几句。可慎司的转身却非常轻柔，这让彩花一时不知该说什么好。的确没有要事。为什么逃学，学校怎么了，这些都想问，但是可以问吗，彩花拿不定主意。可是，此时面面相觑，必须得说点儿什么才行。

“……上周的比赛，你为什么没来呢？”

现在这种状态下，不该问这种问题。但是，只想跟他平常地聊上两句。不需要谈论深刻的话题，谈谈课外活动也就心满意足。

“与你无关吧。”

慎司一副摆明不悦的表情写在脸上。什么意思，用这种口气。我可是考虑到你的感受，才挑了这种无关痛痒的话题。

“好，那你在这里干什么？”

慎司依旧双眉紧锁。

“没什么。”

“你这是跟邻居说话的态度吗？我好声好气跟你说话。托你的福，我遇到好多麻烦哟。这点你应该知道吧？竟然还说‘与你无关’。你以为你是谁呀？你说两句道歉的话会怎样？”

“我什么都没做。”

“你家的事情，你也有责任吧。”

“请你说具体点儿，我家给你添了什么麻烦？”

“那些傻头傻脑的追星族哟。”

“那你找他们抱怨不就得了。”

“你什么意思，转嫁责任？打算逃避责任？有钱人家的少爷，连点儿道歉的方法都没学过吗？”

“你说够了吧，我现在没空听你找碴儿。对了，我能说一句吗？”

“……说什么？”

“你们家不是在我家之后建的吗，如果你觉得不舒服，搬家不就得了。”

“你……”

望着转身而去的慎司，这次真的找不到话语了。胸中涌起的情感，分不清是愤怒还是羞耻。

为什么，为什么，为什么？为什么要受这种侮辱？该生气的分明应该是……分明受害者是我。

作最后的无望挣扎一般，彩花朝着往坡下走去的慎司念叨。

下去吧，下去吧，下去吧，给我摔下去！再也别上来。

下午五点十五分——

每周，真弓所在的超市都按照惯例举行“周三感恩日”。一天中有三次一小时的定时抢购时间。从四点到五点的时间段，客流达到最高峰。完全没有任何的思考空隙，只能像机器一样，口中重复着“欢迎光临”，手上动个不停。这结束之后，上早班的真弓一天的工作也算完成了。

美和子之类的人，就趁着抢购时间，将自己想买的东西全部提前订好，往办公室里搬。这种精打细算的事情，真弓做不出来。在这里打工已快两年多，就连特价的鸡蛋和砂糖，真弓都从来未买过。真弓总是解下工作围裙，到外面同一般的顾客一样购买。

到自动门前时，真弓停下脚步，伸手掏出包中的手机。手机虽然随身携带，但一周里所用的次数寥寥无几。

彩花班主任发来的短信。“彩花今天下午因身体不适，从学校早退，她现在好些了吗？”

找借口不去上课的事，彩花倒是做过。但早退这还是头一遭。今早出门时，看上去跟平日没两样呀……一定是让这热天气给累坏了吧。从五点开始就已经热浪袭人。

劳累了一天的身躯暴露在阳光下，疲惫感就越发强烈。接下来还必须去购物，可脑袋也疲惫不堪，根本想不起必须要买的东西。恍惚记得彩花嘱咐过要帮她买什么。

这种状态下，还说去探望晶子呢，完全不可能。她是不是就是因为受不了这酷热才倒下的呀？

总之，买点儿吃了可以提振精神的东西回去。彩花说不定也没有食欲，今晚有俊介参演的节目，她肯定会下楼来一起吃饭。真弓走进开着凉飕飕空调的超市，搜刮几件一眼就看到的东西，坐上了回家的车。

今天太辛苦了。

一边听着车厢里播放的俊介歌曲，一边朝“云雀之丘”沿坡而上，对真弓来说，没有比这更幸福的时光了。

【七月三日（周三）上午八点—下午五点二十分】

Part 4 高桥家

晚上九点二十分——

地铁检票口处，高桥良幸低头看一眼手表，深叹口气。今晚她也在吧?

——妈妈呀，让我给你做些能提振精神的好东西。

经常留宿在大学研究室的良幸，回公寓一周不过两三次。每次，野上明里都会提前几小时就来到房间，准备晚餐。被拉去凑数参加的联谊会上，良幸认识了明里。交往已有半年，最初明里一般做蛋包饭，火腿蛋，或者是像周末做晚了的早饭一般的菜肴。不过近来菜谱的种类越来越丰富细致。

而同时伴随着增多的台词是“妈妈呀……”。好像料理是妈妈教的，菜单是妈妈想的，连材料都是妈妈给买回来。而且，前天终于连爸爸也登场了。

——爸爸说哟，想跟你见上一面。

见了又怎么样？良幸经常被人称赞是个好人，但从来没被人称赞过帅气。对良幸来说，明里是第一个交往的女朋友。因此，女朋友说想要公寓钥匙，便老老实实地交了出去。女朋友问起家人情况，也一五一十地道了出来。有关家庭的话题越来越频繁登场，良幸不禁有疑问，难道别的男女交往也都这样吗？

今天，不经意地问起大学研究室的朋友，“女朋友一般爱聊些什么话题？”“一般电影或者喜欢的音乐吧。”“那家庭成员呢？”“基本没有。”

研究室里，听到这段对话的女生们在一旁咯咯发笑。

——要是这样的话，对方一定不是把高桥君你当成男友，而是把你当成结婚对象在考虑。

——这不可能吧，我们都还是学生。

可是，女生们坚持已见。她们说，现在这些短期大学的女生都不热衷就业了，热衷相亲。

——以前，我也觉得像她们这种没上进心没工作欲的人，真没意思。不过人家也算不浮夸。高桥君应该挺适合当老公。既认真，又有安全感，还不用担忧花心。

这话听起来，像对良幸印象不错。但说归说，女生里没一个女孩跟良幸表白过。联谊会上，作自我介绍时也完全感觉不到女孩注视的目光。可是一提到自己是医学部的，无数女孩的视线便像箭一般射了过来。这其中最为强烈的就是明里。不过，同在医学部的女孩们对医学部这个“头衔”似乎并不感冒。良幸减去了医学部，只是个人品不错的男人。

如果反之也成立的话，同在医学部的母亲是哪一点吸引了父亲呢？两岁那年，母亲因交通事故身亡，良幸早已想不起她的脸庞，追忆也只能通过相片。跟良幸一模一样的狸猫脸。即便是奉承也称不上美女。这个世界上居然有喜欢这样脸的男人啊。后来再娶的是那个人，也就是说，父亲绝不可能是因为喜欢她漂亮的脸蛋才跟她在一起的。

母亲有母亲的好，那个人应该有那个人的好。

说到那个人的好，首先就是长相漂亮。以前明里问过，妈妈是什么样的人？非常漂亮，话音刚落只见明里双眉紧锁。从良幸的长相上看，想象不出“漂亮”这个词。她一定猜想眼前这人一定有不可救药的恋母情结。良幸只好连忙补充说，自己跟母亲并没血缘关系。

——不是自己亲生妈妈，那会不会跟别的兄弟姐妹区别对待呢？

明里用两眼同情的目光望着良幸。答案是NO。良幸四岁那年嫁到家里来的那个人，从一开始就对良幸非常温柔，有了自己的孩子之后也是一样。她做得一手好菜，良幸准备高考的那段日子里还常常为良幸做夜宵。也许是受了那人的影响，良幸自己下厨做乌冬或拉面时，也一定会在起锅之前加上煮熟的鸡蛋。

——那兄弟姐妹怎么样呢？你们有一半血缘关系对吧。我是家里的独生女，不太清楚有兄弟姐妹是什么感觉，你们跟真正的兄弟姐妹也会感觉不一样吧，会不会有争执呢？

明里期待着听到电视剧里的那种后母虐待孩子的故事。对良幸来说，无论是比奈子还是慎司，都是自己“真正的兄弟姐妹”。现在仍记得自己把耳朵贴在那个人日渐变大的肚子上，期待着弟弟妹妹出生的情景。

——感情挺好，妹妹经常都会发短信来。回家时，会跟弟弟一块儿去看球赛。啊，对了。那个“微辣咖喱”广告里出现的男孩，叫什么来着？跟我弟弟长得挺像。

——啊？高木俊介？你弟弟，有那么帅吗？

——帅，说是我弟弟谁都不相信哟。擅长运动，脑袋又聪明，让人自豪的弟弟哟。

——哦，所以你妈妈才也对你很好呀。

明里一副想通了什么的模样。自己生的孩子要优秀得多，所以才有空闲关心跟自己没血缘关系的孩子，难道她是这样理解的吗？可是，不管慎司和比奈子如何，那个人都是以同样的态度在对待他们。明里要这样曲解那个人，难道是在跟这个素未谋面的人——良幸的母亲在抬杠较真。

这能说明她在考虑结婚的事情吗？良幸并不讨厌明里。她长得可爱得与自己并肩行走，都替她可惜。她是那种想到事情就脱口而出的类型，因此在人堆里，不时有些让人揪心。但这也说明她表里如一，交往起来反而轻松。不过，如果谈到结婚，那又会怎么样呢？

当然，如果一直像现在这样顺利交往下去，到了结婚阶段，结婚自然不成问题。可是，不找工作，还是学生时就有那么强的依赖心，将来一定是很重的包袱。离自己毕业还有一年半，即便毕业了，也不能说马上就有稳定的收入。至少二十岁这几年少不了吃苦。而且，自己比别人付出成倍的辛苦换来的收入，自然希望能自由支配。还想孝敬父母。

今年正月回家时，良幸与比奈子有一个约定。

——离爸爸妈妈银婚纪念日还有一段时间，那时我希望能送他们海外旅行作为礼物。

——好，费用由我来想办法。你和慎司悄悄查找好要去的地方，然后拟订一个计划出来。

良幸说罢，比奈子便竖起大拇指，好，交给我。然后高兴地笑了。

无论怎么考虑，结婚都为时尚早……

还未到公寓，二楼的房间就已经开着灯。以前会挺高兴，可今天考虑了乱七八糟的事，心情沉重。良幸停下脚步，深呼一口气。

冷静。被女生们嘲笑又不是第一次。她们自己没有男朋友，所以嫉妒别人。要信了那些家伙的话，在明里面前提起结婚之类的话题，说不定反把她吓一跳。也许只是她家父母跟孩子关系很好罢了。我不也问过比奈子有没有男友吗？她说没有，那我说介绍。不跟这个同理吗？

良幸走上楼梯，打开玄关门，一股浓浓的炖煮酱汁香扑面而来。这么热的季节里，这香气让人感觉肠胃发胀，但一进入开着空调的房间，食欲也跟着来了。

你回来啦——厨房在上玄关附近，明里正翻弄着锅里的食物，见良幸回来了，转身招呼道。

“流了这么多汗呀，赶快去洗个澡放松一下怎么样？你洗澡这段时间我把晚餐做好。”

明里稍微调小炉子里的火，接过良幸手中的包，随即用另一只手打开厨房一旁的浴室门。

“我顺便把衣服也洗好哟。”

洗衣机放在阳台上。良幸按照明里的安排，乖乖进了浴室。洗漱台上放着的红蘑菇形状的牙刷盒，里面已经换上了良幸和明里的两支干净牙刷。浴巾也看得出刚洗过。本有些水垢的浴盆也被明里刷得一尘不染。

冲着热水澡，良幸感觉自己幸福无比，等洗完澡后，坐到桌前，明里应该会拿来冰冻啤酒和玻璃杯来给我倒上。然后，边喝着酒，边品尝桌上的牛肉浓汤和水果沙拉。自己只需准备肚子放开大吃。有这么好的事，看来结婚也不无可能。她这样为我又买菜又买酒，要连她提议跟父母见上一面，都不满足，似乎有些说不过去。

好，那就这样问吧："下次我想向你家人亲自道谢，你觉得怎么样？"真期待看到明里会有什么反应。

良幸走出浴室，在厨房不见明里的身影。炉子里的火已经熄灭。进屋后，桌上已经摆上了装有沙拉的玻璃盘。通向阳台的玻璃落地窗前，明里正呆坐在地上。手中紧握手机，低垂着脑袋。

"怎么了？"

明里一言不发。难道身体不适？良幸刚把手搭上明里肩头，明里身体夸张地一抖，坐着直直地往后退了几步。像想要逃跑，却又一时站立不起，背紧贴在玻璃窗上，看起来全身像被压缩过一般硬邦邦的。难道在我洗澡这二十分钟左右的时间里出了什么事？或者她听到了什么噩耗？

良幸将视线移到明里双手紧握着的手机上。良幸的手机。

"为什么我的手机会在你这里？"

尽管心中不悦，良幸仍尽量放缓语气。明里抬起头，默不做声地把手机递还给良幸。没有胆怯的神情，也看不出要翻脸的意味。还是面无表情。她在生气吗？难道是研究室里哪个女生发来了短信，引起了她误会？

良幸打开手机。

七月四日（周四）晚上九点四十分——十分钟前刚到的一条短信。

唉，我说什么呢，不就是比奈子发来的短信嘛。

——打了几次电话你都没接，我只好发短信。警察联络你了吗？我现在在晶子姨妈家，但感觉非常糟糕。姨父害怕被人知道自己是杀人犯的亲戚，正在想办法把我赶出去。不过，也难怪他。如果我是他们家的孩子，我想我也会赞同他的想法。

晶子姨妈好像在想方设法把事情往“犯人不是妈妈”“正当防卫”上面牵引。现在连“慎司是犯人”这一说都被她提出来了。对姨妈来说，也许这样最好。比起杀人的是自己姐姐，杀人的是自己的外甥，这样感觉起来，能稍微跟自己关系远一点儿，对吧？

被她这么一说，我也开始希望犯人是慎司。虽说都是亲人，但我身上流的是妈妈的血，跟慎司只是从同一父母那里生下来而已。如此一来，是不是就可以这样思考——材料如果有瑕疵，作为成品的我，身上也有可能发现瑕疵，但如果是一个成品上有瑕疵的话，那只能说，是这个成品本身不合格，与别的成品无关。

按照这个想法，哥哥，你会不会希望犯人是妈妈呢？

不过，世人不会思考到这些吧？

亲人就是亲人，没有给周围的任何人添麻烦，却为什么非得把我们自家发生的事，向所有人公布不可，非得让那些跟我们家毫无关联的人都知道不可？不能给我们一些安宁吗？那些人根本从来没有考虑过我们的感受。

说不定，慎司就是害怕这个而逃走的。那个孩子向来单纯。手机、钱包都没带，他会去哪里呢？

总之，我不想待在这里等别人赶，所以，我明天就回家。可以的话，希望哥哥你也回来。（发送）

良幸重读两遍比奈子的短信后，确认了一下是否还有别的来信，除了明里的“今晚吃牛肉浓汤哟”之外，什么都没有。公寓里没有固定电话，关在研究室里的这三天，手机一直处于关机状态，途中有无来电，也无从得知。

“喂，这短信怎么回事？说什么杀人犯的亲戚，指的什么意思？她管你叫哥哥，看来是你妹妹发来的对吧。说妈妈就是犯人，开玩笑的吧？”

良幸打开电话簿，正打算给比奈子打电话确认情况，被明里从身后拉住手腕问道。

“不好意思，现在没空给你解释这个。”良幸头也没回。

“瞧你这副紧张的样子，看来你妹妹不是在开玩笑。良幸的家在Y县对吧，昨天下午，不，准确来说应该是今天早上吧。Y县的，好像是S市里的一个高级住宅区，发生了妻子杀害丈夫的案件。”

良幸关上电话，转过身。刚才那副模样的明里仿佛如虚幻一般消失了，此时的明里镇定自若，抬头望着良幸。

“你知道？”

“我从新闻上看到的。从中午开始，每家电台报道了好几次。精英阶层的医生跟自己的漂亮老婆发生争执，在房间里被老婆用重物从身后重击身亡。”

没听完明里的话，良幸急忙启动了桌上的台式电脑。连基本上从不关注新闻的明里都知道这消息，难道被作为重大事件来报道了？自己竟然还蒙在鼓里。

Y县，医生，高桥，三个关键词一输，报告标题像潮水一般涌了出来。点击其中一家大型报社的链接，父母的名字瞬间映入眼帘。

七月四日（周四），凌晨二十分，Y县S市的消防署接到声称自己丈夫受伤了的女子电话。急救队员立即赶往现场，Y大学附属医院医生——高桥弘幸脑后出血躺倒在地。被送往当地医院后，经抢救无效死亡。据嫌疑人即当事人妻子——淳子供认，自己使用的凶器为房间里的硬物。就案发当时，在事发现场的高桥家只有高桥与淳子两人，警察认为是两人间发生了某种争执，导致了这场悲剧的发生，详细情况正在调查之中。

二十多小时前发生在自家的案件。报警的是那个人，声称打伤了父亲也是她自己。可是，良幸无法想象那个人会加害父亲。也很难想象他们会发生争执。父亲性格温和，沉默寡言，就是脾气比较倔。良幸举行成人礼的那天夜里，两人喝醉了，父亲告诉良幸，在学生时代，他跟他的母亲一天到晚有吵不完的架。不过，那个人却一向对父亲唯命是从。

那不应该是服从，而是敬畏，良幸认为。

“喂，良幸，真的是你家的事吗？你别闷着不说话呀。”

良幸死死盯着电脑画面，一旁的明里伸手拉着他的T恤问道。

“不关你事吧！”

终于大声叫出来了。良幸如今只想赶紧知道家里到底发生了什么。警察那边也必须立刻联系，比奈子和慎司现在的情况也让人担心。案发当晚，两人在哪里，做什么呢？新闻报道上说，当时家里只有被害人高桥和嫌疑犯淳子。可是，并非周末，比奈子和慎司会去哪里呢？必须赶紧把这些问题弄清楚。良幸退出界面，正打算点击其他网页，突然，“砰——”一声电脑画面全黑了。明里冷不防地拔掉了插头。

“你在干什么？”

“什么什么，你就知道盯着电脑看。难道不该先跟我解释一下吗？”

“为什么？”

“因为我现在在你这里，我现在是和与杀人事件有牵连的人单独待在一起哟。我看到你那条短信后，害怕极了。该怎么办？我该怎么办？”

“害怕的话，你回去不就是了。”

“你什么都不告诉我，我这样回去也会不安。”

“我比你知道的还少，刚才的短信我也刚看到。随便偷看别人的短信，还恶人先告状，说什么不安，害怕，要解释，你没常识也要有个度吧！”

没常识也要有个度吧！分明是从自己嘴里发出的声音，但一瞬间却产生了被父亲责骂的错觉。没有因为学习挨过父亲的骂，只有在给别人添了麻烦的时候，父亲才会这样斥骂。例如，在电车里，穿着鞋子跪在座位上望窗外风景时；或者在路边的墙壁上用粉笔乱涂乱画时，但从来没有挨过打。

就这么一句，明里整个人感觉就缩小了半截，眼泪随即溢了出来，泪珠大粒大粒地往外涌。

“人家又不是故意想偷看你的短信。都怪你，经常关着机，我给你发短信你也不回。我这才从包里拿出来，想看究竟怎么一回事。果然是关着机。我一打开就收到了我发的短信，还有一个写着女孩名字的短信……我想会是谁呢？就只想打开瞧上一眼罢了。可是没想到会是那样的内容，要知道是那样，我才不看呢。”

一口气说完后，明里大哭起来。虽说如此，但她的行为还是跟偷看没有分别。不过，良幸听说过有朋友每次短信都会被女朋友检查。觉得明里是不会干那种事的人。也想过，说不定在自己洗澡期间，她会偷看短信。只是想发给自己的短信一般都是事务联络方面的，即便被她见了，也不伤大雅。可万万没想到会收到比奈子那样的短信。要是“外遇短信”该多轻松。

“等我把事情弄清楚之后，会跟你慢慢讲的。今天你先回去吧，我现在很担心弟弟妹妹。”

“你是说比起我，你更担心你的弟弟妹妹吗？那我对你来说，到底算什么呢？你现在即便担心他们，他们离你那么远，你又能做什么？可是，我现在就在你跟前哟，你不觉得你应该保护我吗？”

保护？为什么需要保护？不管怎么想，出了事需要保护的都是我家才对，明里难道觉得自己才是最大的受害者吗？

“够了吧。你到底想我怎么样？”

“陪着我，我很害怕。我要你不考虑父母和兄弟姐妹的事情，心里只想着我。”

她害怕的不是跟发生了杀人案件家的儿子待在一起吗？从这房间出去后，对明里来说，案件是旁人之事，跟自己毫无瓜葛。如果想知道详情，明里只需自己看电视或者去网上搜索。

强行把她赶出去吧？还是，如果她愿意待在这里，就让她待个够？现在出去，应该还能赶上晚间大巴。良幸坐在电脑前一言不发，明里从厨房保鲜袋架上取出保鲜膜，开始将装有沙拉的盘子盖起来。

“我感觉现在什么都吃不下，先把自己的收起来，良幸你呢？”

肚子倒有些饥饿，但感觉吃进东西，也难以下咽。想象一下勉强往肚里塞食物的样子就感觉作呕。还是算了，良幸摇摇头，明里便把他的一份也用保鲜膜盖起来，把两个盘子放进冰箱里。

只是这么简单的动作，却听到咔嚓咔嚓的响声。良幸心中不禁一阵莫名的烦躁。

为了压制住这股气，良幸狠狠握紧拳头。

晚上十点五十分——

良幸木讷地看着浴室的门，自己也弄不清为什么发愣。

明知家里出了事，应该马上回去。现在出去已经赶不上夜间巴士，其他的交通工具也没有了吧？可是，这感觉全像借口。

天亮后，即便自己坐上电车或者巴士，去的也是学校，而不是自己家。明天的课程直接关系到学分，绝对不能缺席。现在还待在这里，也许是因为自己意识里，认为比起远方家里发生的事情，现在自己的事情更重要。

真的是这样吗……

明里收拾完沙拉后进了浴室。良幸想趁这段时间给比奈子回信，可怎么也找不到手机，一定是明里拿进了浴室。

不懂她为何要这般阻止自己与妹妹联络。无计可施，良幸只好再次启动电脑，可是还在修复刚才的突然关机时，明里便从浴室里走了出来。比平日里的洗澡时间短了一半。感觉这次一定不会像拔电源这么简单，良幸赶紧关上电脑，拿起电视的遥控器，打开电视，准备调到新闻频道，突然主电源又断了。

忍耐到极限了。良幸往电视边走去，正准备插上主电源，明里急忙跑到跟前，伸开双臂。她头发也没吹干就急忙出来，脸上残留的水珠还在一滴一滴往下落。

“良幸不害怕吗？现在全国的观众都看到电视上正播放着你父母之间发生的事哟。认不认识的人都在看。你父母的照片也肯定放在上面，家里的房子即便打了马赛克，也肯定看得出来。你不怕看到这些吗？”

明里说的害怕，原来指这些。的确，刚才在网上搜索出父亲和那个人的名字时，自己也怔住了。如果看到影像的话，受到的打击也许比这还大。但即便如此，仍然想知道。与此同时，良幸也突然意识到，通过电视真能知道事情真相吗？

从电视和网络上得到的信息，也许对旁人来说，那便是事实。但对家庭成员之一的自己，也仍然如此吗？原来自己以前那么相信媒体呀。换一个地点，就换一种报道方式的情况不是家常便饭吗？

也许看了也没用。

“好，我不开电脑也不看电视，你去把头发吹干吧。”

良幸话音刚落，明里又抽抽搭搭地哭了起来。原来她考虑到我才这么做的呀，良幸想，正想伸手将明里拥入怀中……可是，明里像逃跑似的退后两步，跑进了浴室。

洗澡很快，吹头发的时间却比平日长了几倍。

这种情况下，还是分开睡吧，良幸想，正准备从柜子里拿出客用被套，明里从身后伸出手，放在良幸肩头，问道“为什么”。刚才的别扭像错觉一般，两人依然进了同一个被窝。平常明里都会黏过来要手当枕头，可今晚却靠在床边背着身子，一动不动。

果然“害怕”一词里还有别的含义。良幸也没兴致伸过手去，尽量往床边靠，拿起遥控器关掉房间的灯，保持着端正姿势闭上了眼。

“喂，你在生气吗？”

明里的嘀咕声传来。心情没法平静，但并没生气，这并不该是对明里的态度，良幸心想。回答没生气好像也有不对，不知如何作答，干脆就装作睡着了。

出了事的是自己家。父亲死了，被杀了。而打了父亲的，杀了父亲的是那个人，名义上的母亲，户籍上是这样写的，但良幸没这样意识过，她就是自己母亲，加害者是自己母亲。地点在“云雀之丘”。案发当时，比奈子和慎司不在家。比奈子现在在姨妈家，慎司行踪不明。这些都发生在自己家人身上。

而自己却在这里安然无恙。

至少，只要待在这里，今后也不会有任何事降临在自己身上。睡着了便什么都不用想，什么问题都没有了。

“良幸，你不会成为医生了吧？”

明里嗫嚅道。

“你会退学，回家去吗？这样的话，我们就再也见不到了。”

说完，明里翻过身，拉起良幸的手腕。

“不过，在家生活可不容易哟。周围的人肯定都知道发生了什么事，他们也知道你是那家的孩子。出了这种事，你找工作恐怕也会遇到困难吧。”

明里的手沿着良幸的手腕，伸到脸颊上。

“我爸爸，会不会让我跟你分开呢？妈妈说不定，也不会让我再来这里了。要真这样，该怎么办呢？”

明里的手抚摸着良幸的耳朵，头发……

“喂，怎么办！你倒说话呀！”

明里突然坐起身来，掀掉两人一起盖在身上的薄毯，捏紧的拳头朝良幸的胸口咚咚砸去。

“喂！喂！喂！”

明里手上的力气越来越大，良幸轻微咳嗽起来。让她打到解气为止吧，良幸想。可是，明里的手怎么也不停。伴随着最后一声“喂”，明里的眼泪终于像大坝决堤般涌了出来。

不懂明里为何而哭。

我一定会想尽办法从学校毕业，努力成为医生。哪怕被你的父母反对，我依然喜欢你……是不是要听到我这么说，她才会满意？

想哭的应该是我。至今连为父亲的死而悲伤，都还没来得及。干脆我离开这里吧，去漫画茶馆也好……慎司现在会在哪里呢？

“喂，你觉得如果中学生离家出走，一般会去哪里？”

明里停住手。

“啊？我现在跟你谈的不是这个吧。”

“不过，你看了刚才的短信也知道了吧，我弟弟现在下落不明。而且手机和钱包都没带，不知道他会去哪里。”

“会不会是去了朋友家呢？他一个大男孩，睡公园，睡车站，两三天应该没问题。等熬不住了，他自然会回来。”

慎司有这么坚强吗？我和比奈子倒是偶尔会背着爸妈疯闹，但从未见过慎司这么做。这种性格的慎司会在车站和公园里睡吗？说起来……

“喂，比起这个……”

“等一下。”

说起来，见过慎司在外面睡。去年夏天，坐高速巴士回到家时，六点巴士到站后，慎司就已经等在候车室。他坐在椅子上似睡非睡地打着盹儿，轻拍一下他肩膀，便一个飞身要跳起来一般，睁开双眼向四周张望。问他是特意来接我的吗，他说散步顺便过来的。真的是这样吗？慎司从来没来接过我。回到家一小时后，他说自己要参加模拟考试，随即就出了门。这样的日子还特地来接我？难道他并非来接我，而是他本来很早之前就一直待在那里？他在那里干什么？

“干吗呀，你那种口气。”明里有些不悦。

“闭嘴！”良幸说完，继续思考。

慎司出门之后，那个人看起来就一直心神不定。问比奈子情况，她悄悄凑到耳边来说："从昨天开始就一直这样了。妈妈一到慎司模拟考试前都这副样子。明明今天又不是最终考试，充其量只是一个模拟而已。"难道慎司是因为模拟考试前一天，受不了那个人的重压，从家里逃出来了？

"好，我不管了！"明里背过身去。

良幸背上被重重踢了几脚，掉下床去，枕头随后跟着飞了过来。扔掉良幸的枕头后，明里在床中央摆开阵势，将所有的薄毯都裹在身上。这表示在赌气吗？还好是扔的枕头……良幸伸手摸摸后脑袋。

那个人是用什么打的？到底出了什么事情，弄到这种必须大打出手不可的地步？

床上传来均匀的呼吸声。这种情况下，她还能睡得着。明里是哭累了吧？或者，还是因为对她来说，这事跟自己不沾关系？

好不容易等明里睡着了，以为能静下心来好好思考，可越想眼皮也越重，拿过明里扔下床的枕头，良幸顺势躺在木地板上，闭上双眼，就什么也无法思考了。

早上七点——

睡梦初醒，良幸感觉脚上隐隐作痛。好像睡梦中小腿撞到了桌脚。坐起身来，看一眼床铺，已不见明里的身影。桌上摆放着一张便条。

——你跟你妈妈没有血缘关系对吧?

这就是她一个晚上想出来的结论吗?换句话说,就是跟加害者没有血缘关系。所以,太好了,她是这样认为的吗?能这么简简单单地想通吗?你不就是个外人吗?居然一副像自己才是最大受害者的样子,大吵大闹。真不知道你脑袋到底是什么逻辑。

良幸将便条揉作一团,扔向垃圾箱。没扔进去,良幸站起身来,捡起来放进去后,顺势坐到电脑桌前,按下开关打开电脑。捣乱的人终于回去了,还是查一查吧。

报社页面上的消息跟昨晚一样。各地新闻报纸的内容也不尽相同。周刊的页面上写着“漂亮老婆,爱的扭曲?打死精英医生丈夫”的夸张标题,但内容大同小异。有页面上虽然没有写出具体的学校名,但放着比奈子和慎司的学校的照片。想作呕的感觉涌上心头……这种个人博客在搞什么……

——淳子可受欢迎了。被警察群搞后,判定无罪!也让我搞哈!

——这次的事件不是又暴露出这个格差社会[1]的弊端吗?

[1] 格差社会指的是社会上的民众之间形成严密的阶层之分,不同阶层之间经济、教育、社会地位差距甚大,且阶层区域固定不流动,改变自己的社会地位极难的一种现象。

两极分化后，有点儿钱就耀武扬威的人为了满足自己的卑劣私欲随便杀人，这种人就该被处以极刑。

——那家太太看上去老老实实的，但往往就是那样的人反而老想些黑点子。肯定是蓄意谋杀了丈夫！哎呀，真可怕。

——这个是我们班上一个学生家里发生的事呀。真恶心……不许再来学校了！

——真正的犯人是五号君。高〇慎〇（嘿嘿，忍不住就写出来了。）

良幸空荡荡的胃中胃液上涌。

这些都是些什么，这些人到底是些什么人。

自己身边也有人写博客，据说一般把自己看电影和听音乐的感想写进博客。可是，这些家伙写的……这些算日记吗？一群自恋者写着一些牛头不对马嘴的文章，以为自己成了评论家吗？

父亲，母亲，我们一家，何时招惹了你们这些家伙？比奈子和慎司不也是受害者吗？他们情况如何现在还不知道呢。

良幸四处找不到手机，难道是明里带走了？

现在不是为这事生气的时候，有更急需做的事。良幸关上了电脑。

从冰箱里拿出矿泉水，咕噜咕噜地喝上几口后，随即进厨房点燃炉子。

总之先填饱肚子，然后……

上午九点——

高速大巴车站在“云雀之丘”坡道的最下方，靠近海岸边。候车室里，坐着包括比奈子在内的七人。候车室是一排三个座位面对面设置的塑料椅，中间有一定间隔。其余六人要坐上午十点那趟发往大阪的蓝色大巴，还是要坐十点三十分发往东京的红色巴士，或者说是要一直在这里坐到日落，比奈子无从得知。

上班族模样的三人躺在椅子上打盹儿。另外三名像大学生的一行人并排坐着，一语不发地各自玩着手机。

比奈子也从手提包里拿出手机，一打开又立即关上。一关一开，一直重复着同一个动作，让人都为她担心手机经不起这般折腾。想与谁联系，却又不知联系谁。没有任何人来短信，更别说电话。

总之，给晶子姨妈发了短信，说自己要去哥哥家。本来想一声不响地离开，但考虑到跟警方说过现暂住在姨妈家，如果有事，警方也好联络自己。若真一声不响地走了，说不定会和慎司一样，被认定为下落不明。

短信已经发出去三小时了，可仍不见晶子姨妈的回信。

分明给哥哥发了自己要去的短信，哥哥那里也没有回应。售票窗口的时刻表上，发往大阪的列车上画有双圈，比奈子决定等收到回信后再买票。但现在离发车时间最后只剩一小时。

去年正月回家时，哥哥提过自己几乎每天都待在研究室里。难道研究室这种地方和医院一样，必须一直关着手机电源吗？如果是这样的话，短信应该现在还没发出去，或许他还没看到。

话说回来，“那件事情”——不想称它为“案件”——他听说了吗？万一他去哪里旅行了，不在公寓，也不在学校，那该如何是好？再怎么烦恼也没用，想不出还有其他地方可去，比奈子只好静静地坐在候车室的角落里。拿出电话一开一关，反复地读着给哥哥发去的短信。没有发错号码吧？那样的内容如果发错了，给别人看到，那岂不是糟透了。

玩游戏打发时间吧，可是关键时候没电了怎么办，比奈子只好收起手机，木讷地望着玻璃窗门口。一个上班族模样的男人，正一手拉着脚轮行李箱，一手端着大碗泡面。可能是面桶太烫了，他把行李箱竖起，换空出的手端起面碗。玻璃门开了，他一进来，候车室里顿时面香四溢。

是方便泡面啊。

浓郁的面香勾引了候车室里所有人的神经，大家齐刷刷地瞟向那坐在中央饶有兴致地吃着拉面的男人。最近分明才吃过，但比奈子也被香味勾住了鼻子，忍不住地往那方看去。

中午去学校前，吃了几口晶子做的炒饭。在卡拉OK时，彩花留下的薯条看到就想吐，食欲全无。可是，到大阪大约得花上七小时，不吃点儿什么的话，说不定会晕车。早知道该买点儿什么带在身上。候车室一旁的商店从下午八点开始就已经关门。于是，比奈子决定走出候车室，到马路对面的一家便利店去看看。

直接跨马路过去倒是最近，但四条线路的大马路，来往的大型货车络绎不绝。

还是等信号灯吧，比奈子正准备朝前方五十米的人行横道线走去。突然，来来往往的卡车之间，看到对面一个高大人影。她急忙转身，直接跑过了公路。没空理会那些大卡车轰隆隆的鸣笛声，过到对面后，比奈子紧接着跑了三十多米，从身后抓住一个身穿黑色T恤的肩头。

“慎司！”

虽然刚才只是远远地看见一眼，但比奈子已经非常确信。

“姐姐……”

这个软绵绵地转过身来的瘦高少年果然是慎司。

“你在这种地方做什么！”

慎司低着一双求救般的眼睛，听比奈子语气如此重，转身便开跑。

“站住！”

比奈子赶紧往前追。追上后，为让他不再跑掉，比奈子两手紧抓住慎司的手腕。

“你可别忘了，我也跑得很快。你以为就你一个人是妈妈的孩子吗？有些东西我可是比你更得妈妈的真传。”

在这种状况下，脱口而出了“妈妈”，比奈子自己都吓了一跳，同时没看漏慎司也有一丝反应。

“你逃也没用，快说到底怎么回事。”

比奈子双手用劲，直直地伸头看着慎司，但慎司却往一旁偏着头。

“你什么都不说，我怎么知道发生了什么事！”

为压过卡车的声音，比奈子大声嘶叫。这时，咕——肚子叫声更响。偏偏在这种时候，正觉有些难为情，哪知慎司的肚子也跟着叫了，而且声音更加响亮。比奈子扑哧一声笑了出来，慎司也眯眼笑了，这一刻，眼中略可窥见泪光。

三年前就已经比自己高出一大截的弟弟，不知为何，此时在眼前看上去是那么纤细弱小。

——慎司，胆小鬼！慎司，好孩子！——从前，像这样逗上几句，他就会满眼泪光闪闪，至今也仍旧没变啊，比奈子想。

“如果饿着肚子就更惨了。”

比奈子拉着沉默不语的慎司，进了便利店。

“微笑·海岸店”便利店。店里的装潢摆设跟“云雀之丘”的如出一辙。——据说慎司当晚去了便利店。真的像母亲对警察说的那样，慎司为透透气出门后“那件事”就碰巧在那段时间发生了吗？或者是慎司干了“那件事”后，逃走了？再或者，母亲说一切由自己承担，特意放走了慎司？

他会不会回想起当晚的事，又溜走呢？想到这里，比奈子更加用力抓住慎司的手。可这次，慎司反倒用空着的另一只手，紧紧地握住了比奈子的手腕。比奈子抬头一看，慎司的眼神不知道在哪个遥远的国度徘徊。

他在害怕吗？刚找到慎司时，想这下一定要把真相的来龙去脉通通问清楚，可现在渐渐有些胆怯起来。从警察嘴里听到“那件事”时，感觉像在听别人的故事一般，在脑袋里渗透良久后，才逐渐意识到是发生在自己身上的事。但如果从慎司口中听到什么，那一定会感觉像从脑外袭来的打击，就像——有一次，在庭院里，被慎司的篮球迎面一击，整个脑袋都麻木，失去了意识——那种感觉。

——哥哥，我到底该怎么办才好？

比奈子怀着祈祷的心情，朝装有手机的手提包里看去。显示收信的提示灯仍然没亮。

晚上九点三十分——

两人去便利店买了泡面，在店里用热水泡好后，端着径直走过人行横道，来到车站后的海岸边，依靠着防波堤，背朝大海，并排坐下。面前是车站的候车室和交通环岛，手的两侧是顺沿堤岸蔓延开去的黑暗。以往这里是某倒闭食品公司的仓库，现已变成荒地，不见一盏街灯。是因为有这样阴森恐怖的地方，所以沿海的治安才会变坏的吧，比奈子想。

在候车室里的话，倒是开着空调舒畅凉爽，但又怕让谁看见了跟慎司待一块儿的样子。电视和杂志上并没登载我们的照片，不用太担心，可一个人没事，不能说明两人就一定安全，如若被发现自己是发生了那桩事件家的孩子，岂不麻烦了。而且，经不起别人吃东西的香味诱惑，自己也跑去买了同样的东西。若被人这样认为的话，也着实害臊。

外面也并不太糟，凉爽的海风拂面而来，穿着短袖的胳膊反倒微感寒意，吃这热腾腾的泡面正好。

比奈子和慎司都默不做声地吃着泡面。在吃东西时，沉默一阵也不觉尴尬，自然不必考虑其他多余的事情。只可惜这筷子挑起来的面一次比一次少。

吃完后，该怎么办呢？听警察说，慎司的手机和电话都放在家里。比奈子包里的钱，根本不够买两人的高速大巴票。

“在海边看夜景真美呀。”

比奈子边小口小口地嚼着泡面，边往车站对面的山上看去。沿着舒缓的坡面上，铺着光的绒毯。

“……嗯。”

慎司终于发出声响。

“慎司喜欢在山上看，还是在海边看呢？”

“都可以。想看全景。”

“那就去坐直升机吧？太奢侈了。”

“……观览车。”

“咦？”

“这块空地以后要建观览车了，市民网的公告栏上登着。你不知道吗？”

“我哪有看过那东西呀。为繁荣这座城市，建座游乐园吗？”

“不是，据说只有观览车。”

“这样哪会有观光客来呀？”

“不过，听说要建日本最大的。”

“这还真厉害。这一来海和山的景色岂不是都能尽收眼底了？”

单是想象那窜入夜空的观览车，比奈子就雀跃不已——要能坐在观览车上饱览山海景色，那将会是怎样一番感受啊。可是……等观览车建成时，慎司和我还在这里吗？

望望慎司，他也把汤喝得一干二净。如果现在母亲在身边的话，她会是怎样一副神情，会说什么呢——泡面居然端着在外面吃。不，说不定父亲更讨厌这么做。周末早晨，比奈子穿着睡衣外出取报纸，父亲的脸瞬间就阴了下来。

哥哥小时候，偶尔会被父亲训斥。比奈子虽然没挨过骂，但父亲紧锁双眉的样子，比发出声音来还更有威严。慎司是家里最小的孩子，也不知道是因为大人一直惯着他，还是他自己看着哥哥姐姐学乖了，感觉他从来没被训斥过，也没见父亲对他皱过眉。

从今以后，永远也不会有了。

“你迄今为止去了哪里？”

“……就这附近。”

“晚上呢？”

“漫画茶屋。”

“没去朋友家吗？”

“家里出了这种状况，哪还有朋友愿意留我。”

“也是。”

比奈子看看喝空的泡面碗——能跟步美两人悄悄地边偷吃着东西，边一起窃笑嬉闹，原来是建立在那时平和的基础上——

“我也没有朋友。为什么没地方去，还逃跑呢？”

“因为……”慎司咕哝一声。

“听不到。”

“因为我感觉自己会消失。”

“消失是什么意思？你是指感觉会有生命危险？”

“不。我感觉自己会变得不像自己。”

说完，慎司站起身来，接过比奈子手中空了的面碗和方便筷，走到候车室门旁的垃圾箱前扔掉。

比奈子一时没理解慎司话中含义，正有些恍惚，发现慎司已经离开自己身旁。身子有些蜷缩，但并没逃跑的意向。他站在垃圾箱旁的自动贩卖机前，正从口袋里取着零钱。接着，拿着两瓶不同口味的运动饮料回来了。

“选个喜欢的。”

慎司把两瓶饮料递过来。自己坐在至少有一米五的防波堤之上，却刚好能跟站着的比奈子平视。这么高的身高，怎么可能逃得掉呢？哪瓶都行，比奈子随手向柠檬味的伸去，突然，停住手——

“慎司，你身上有钱？”

“嗯。”

以为慎司没带钱包，才特意从便利店给他买了泡面。以为他自从离家后就饿着肚子，可刚才吃泡面时也全然不见他狼吞虎咽。

“有多少？”

“五千。”

“这么多！”

料想他口袋里顶多也就些零钱，没想到竟然这么多。

“我听说你的钱包和手机都在家里呀。”

“钱是借来的。”

“跟谁借的？”

“对门的阿姨。”

“什么时候？”

“就那天晚上，在便利店。”

说起来，彩花也说过，自己母亲事发当天夜里在“微笑·云雀之丘店”见过慎司。

“具体是怎么回事？”

“当天我发现没带钱包，正好对门的阿姨也在店里，就问她借了一千元，没想到她没零的，给了我一万。”

“有什么东西，需要向别人借钱都非买不可吗？”

“也不是……”

慎司支支吾吾地低下头。如果说忘记带钱包了的话，若非紧急情况，比奈子绝不会问对门阿姨借钱。若有非买不可的东西，那哪怕是辛苦点儿，也应该先把东西寄存在收银台，自己回家去取钱才对吧。

制造不在场证明——这个只在电视剧和小说中才出现的台词，瞬间浮现在比奈子脑海中——难不成，慎司为了能给当时同在便利店里的其他人加深印象，所以才特意借了钱。遇到对门阿姨是巧合，即便没遇上，在收银台处装出没带钱包的样子，店员也肯定会对他留有印象。如果店里有慎司认识的人物出现，跟此人搭话当然更有效。

那么，为什么需要制造不在场证明呢？

“慎司，我现在只问你一个问题。老实回答我。”

比奈子双手抓紧慎司的右手腕，慎司抬起头，战战兢兢地望着比奈子。

“杀了爸爸的是谁？”

听完比奈子的话，慎司又垂下头去。

“回答我！你自己也清楚不可能一直这么逃下去，所以特意让我抓住的，对吧。”

抓紧的手更用力了。

“我在小时候，的确比你跑得快。可是，现在的我根本不做任何运动，怎么可能跑过你这篮球队的正式球员？我最初就知道你是故意放慢了速度。这点我还是看得出来，快，告诉我实情吧。”

“多半……是母亲。可是，事情会成这样，应该怪我。”

慎司看起来不像在撒谎。果然是母亲。那接下来，该怎么办呢？——比奈子不知所措。

比奈子的视线从慎司转到交通环岛上，只见一辆大巴驶进站来。蓝色的车身——是去大阪的。

“慎司，去哥哥那里吧。”

比奈子抓住慎司的手腕，从防波堤上跳下身来。

拉着慎司，走进候车室买票，来到自动贩卖机前。

“今天，七月五日，晚上十点，S市大巴站发往大阪……”

一边喃喃自语，一边输入需要填写的项目。从手提袋里刚拿出钱包，慎司的手直直地从旁边伸了过来，按下画面一角的“取消键”。

“你干什么？”

“不会添麻烦吗？”

“给谁？”

“哥哥。”

“为什么？”

“因为，哥哥……”

因为哥哥跟妈妈没有血缘关系。慎司是想这么说吗？可如今，已经没有可以依靠的人了。

跟慎司两人一起的话，犹如是拖了件重物。但尽管如此，在公路对面发现慎司时，心中依然雀跃不已。虽然对慎司仍抱有怀疑，但比起一个人待在候车室时，现在也安心多了。为什么呢？

“慎司不用担忧这些。而且，‘兄弟姐妹一起相互扶持共渡难关’这种美事，我也没想过，我只想分散压力。哥哥也是在同一个家里长大的，多少也该承担些义务。”

“可是……啊！”

慎司突然叫出声来。

“怎么了？”

比奈子驻足，顺着慎司的视线看去。

“哥哥！”

比奈子边喊边跑了出去，慎司紧随其后。

从停在交通环岛的那辆蓝色大巴下来的乘客中，出现了良幸的身影。

【七月四日（周四）晚上九点二十分—七月五日（周五）晚上十点】

【小岛里子2】

喂，您好！我是小岛。

啊，是小松！小松吧。担心妈妈，特地打来了？里奈也真是的，怎么就跟你说了呢？我明明跟她说好了，你工作这么忙，让她千万不要告诉你。

最近还好吗？饭有没有好好吃？有什么需要妈妈寄的吗？

妈妈很好的。待会儿还要去手艺教室。我一直都光顾着给里奈寄东西，你没不高兴吧？其实，我想给小松做条好看的领带来着。可是，手艺教室的会员全是女性，因此总做些女人东西。我跟老师提议过哟，说想做点儿男性的东西。结果，被她嘲笑了，她说，都这年纪了，恐怕也只有小岛身边还有想送礼物的好男人吧。我只好作罢。

你问事件？我打电话给里奈讲了的，你全听她说了吗？啊，原来是在网上查的呀。果然是小松。一有在意的事，马上就查。

在那之后没什么新进展哟。这附近也平静下来了。

嫌疑犯也抓到了，对罪行也供认不讳。所以应该也不会再找附近居民调查什么了吧。

我以为还会连续报道几天呢，结果，昨天别的地方发生了类似的事件。嫌疑犯用刀刺杀受害者后，现在还在潜逃，所以电视和周刊都去关心那边去了。

高桥家的房子现在空无一人。孩子们应该去亲戚家，或者宾馆之类的地方住着了吧。据说，年龄最小的孩子慎司现在下落不明，这之后就没听说什么了，也不知道找到了没有。

小松你知道慎司吧。小学时，你经常帮助他们家大哥哥良幸学习呢。以前的小松既善良又会照顾人。是妈妈的骄傲哟。

对了，你什么时候回来呢？

不回来？

为什么？等你工作稳定后，再回来也没关系哟。你上次电话里不是说，很快就能请到长假，回国一趟吗？对呀，正月里。为了能让你和里奈住得舒适，我刚把家翻新了哟。也特意造了两个厨房。

哦？你说你们决定去里奈家，这是怎么回事？想好好休息——你这话什么意思？为什么在自己家不行呢？这里不是小松你自己家吗？

难道是因为发生了这次事件？

喂，小松，小松哟，不要挂——

Part 5 远藤家

下午三点——

欢快的音乐开始流淌在购物中心的食物区内。坐在入口处打盹的真弓睁开眼，看看手表。到了糖果的促销时间，比刚才热闹许多。喝一口纸杯咖啡后，真弓朝四周望了望。

一群穿着不太眼熟的制服的女孩，正一边挑选果汁和薯片，一边高兴地聊着天。她们看起来跟彩花差不多年龄，应该是中学生，并不像偷懒的学生，也许是因为放学早，应该不会是早退。隐约能听到她们的对话内容，看来这些孩子的学校已经开始期末考试了。尽管如此，她们身上却瞧不见半点儿紧张，全然一副轻松模样。

男生队伍也来了。真弓情不自禁地站起身来，又连忙坐下，装出若无其事的样子继续喝咖啡。

——慎司不可能在里面。夏季的校服虽然都是衬衫配裤子，但眼前这些男生穿着的，一眼就能看出来跟慎司的大相径庭。而且，慎司也不可能那般吊儿郎当地故意低耷着裤子。

自从上午听小岛里子说慎司下落不明后，真弓便开始坐立不安。给了那没带钱包和手机的慎司一万元的人，不是别人，就是她。如果，慎司在某个遥远的地方自杀了，或者加害了什么人，那她岂不是成了资助他逃跑的人，定要背上罪名。

害怕打开电视，可一个人在安静的房间里，又总是胡思乱想，担心慎司会做出什么不好的事。真弓感觉担心得在家里待着快发疯了。

——他不一定走远了，我去把慎司找出来。

真弓开着车，先在“云雀之丘”附近和慎司的学校转，接着，沿着坡道下行，把市区里里外外都搜了遍。进入视线的年轻男孩都感觉像慎司。每当这时，真弓都立即减速缓行，或者干脆打开车窗仔细瞧，但他们都不是慎司。被瞧的男孩里，有的非常厌烦地扭头来看真弓，有的狠狠地怒视真弓。

到火车站和巴士站时，真弓就停下车去候车室里找，依然不见慎司的踪影。他真的去了远方吗？真弓看看写了票价的告示板，只要有一万元，便能坐到很远的地方。

当年找房子的时候，都没有把市里的角落搜得这么干净。那时只收集了很多宣传单，在脑袋里描绘在各个地方住下后，可能出现的生活场景。亲自动身到处去看过后，发现其实都千篇一律。说什么良好的“环境”，其实都是些在几小时就能逛上一圈的小地方里，生活着密密麻麻的人。

——到底我这是在干什么呢？这样根本不可能找到慎司。再说，找到了又能怎样？难道这样说——“跟阿姨一块儿回家”或者“你没还我一万元哟”——啊，算了吧，别找了。

真弓感觉身心疲惫，这才意识到还没吃午餐，于是进了国道旁一家购物中心。在熟食区吃着蛋包饭，喝着咖啡，心情才总算慢慢平静了下来，不一会儿便睡意袭来。

可是，虽然心里想着放弃寻找，但一见到年轻男孩，真弓还是忍不住死盯着对方。——这样下去一定会被人觉得可疑，接下来的时间点，这里来的年轻人肯定越来越多，得赶紧撤退。

真弓一口气喝干变冷了的咖啡。从手提袋里取手绢时，发现有新短信——彩花今天又早退了——是彩花的班主任发来的。这已经连续三天了。昨天傍晚，见她看电视时还一股非常兴奋的劲头，所以一直以为她早退应该是因为中暑。难道身体不舒服？

难得来一次这个平日里不常光顾的商场，买些跟往常不同的食材，回去给彩花做点儿能提振精神的东西吧。

下午三点二十分——

在雇主六张榻榻米大小的房间里，启介正往墙上贴着纯白的壁纸，忽然想起彩花房间，不知道现在那些壁纸成了什么模样。

雇主的儿子好像跟彩花同龄，正在读初三。为了让儿子更加安心准备考试，这家主人才特意请人来把儿子房间里又脏又花哨的壁纸翻新成一片纯白。

翻新之前，墙纸是蓝天上飘着白云的风景画，可能是由于贴过海报，或是时间表，上面留下了许多“晒斑”。另一面墙壁，有正好到达启介头顶高度的痕迹。这家太太告诉启介，那是孩子小时候练习倒立时留下的。

——若彩花也把房间里弄出这些擦痕，真弓会跟这家太太一样，开心地笑得出来吗？

想也是白想。彩花在房间里到底做些什么，启介一概不知。还不止，彩花房间的家具布置，墙壁上有没有贴海报或者时间表，启介也毫不知情。回忆不起那房间里壁纸的颜色和模样。搬到新家后，从未进过彩花的房间。

这几年，连话都没说过几次。

——老爸，闭嘴，待一边去，跟你讲也是白讲。

不管跟她说什么，返回来的都是这样的话。但启介并不想一一责备。话虽不好听，但也无须发怒。

从小，启介就不太喜欢对别人的行为指手画脚。不知道这是不是跟他一块儿长大，嘴从不空闲的姐姐有关系。只要启介鼓起勇气提醒她事情，返回来的必定是膨胀数倍的抱怨与不满。与其如此，还不如最初就选择沉默。跟听不进别人话的人，说什么也是白搭——启介从小对此深信不疑。

所以，对待真弓和彩花也一样。正好真弓也是讨厌争论的性格，两人在一起后从未吵过架。不过，遇到有关房子的事，真弓便会较真。启介从前也有过想建自己房子的梦想，但相比之下，真弓对此更加执著。

仿佛对她而言，房子便是一切。平日安安稳稳地生活着，一提到房子的话题，周围的空气就会立刻变得紧张起来。为能尽快从这样的气氛中解放，启介意识到房子的事情迫在眉睫，便四处搜寻真弓可能中意的地域。

可是，关于“云雀之丘”的那块地，只是随口提及。即便购到那块地方，在那里建起了房子，和周围比起来也明显逊色。高昂的自治会费也会加重家庭的负担。

可是，刚提出房子的事，真弓就高兴得几乎跳起来。

——跟你结婚真是结对了！

被她这么兴奋地称赞，这么热情地拥抱，似乎前前后后只有过那一次。购入“云雀之丘”前，试着让她改变主意，“沿海的那块地听说也不错，咱们不去看看吗”，但她哪里听得进去。

尽管如此，自己也添把手修建，眼看着房子逐渐完成，夫妇两人的梦想终于实现的那一刻，自己心里也分外满足。接下来，只需要安稳地过日子了。

但就在真弓的理想房子建成当晚，她提出让彩花参加应试。

彩花并没真弓想象中那么优秀。跟启介一样，她只是一个胆子小，为人老实的孩子。

可是，如果说出口的话，感觉彩花会真的变成那样的孩子，于是启介只好默不做声。住在高级住宅区里，只需要不断地欺骗自己“自己可是住在这种地方的，与众不同的人哟”，那么，什么时候彩花也许真能变成优秀的孩子吧——启介不能说没有过这样的期待。

但现实哪有这般轻松。应试失败后，彩花整个人开始自卑。动不动就发脾气，出口便是脏话。不过，启介能够理解彩花这样的心情。

彩花是通过这样来保护着自己。她肯定也希望我们有一天能够理解她。所以，不管她说什么，我都只是一笑而过。可是，昨夜的态度算什么。

一边看着关于对门家发生案件的报告，一边捧腹大笑，吃饭时也不消停，时而往手机上打几个字就大声欢呼“杰作”。

——彩花，吃了饭再玩手机吧。

任凭真弓如何劝导也充耳不闻。真弓小声地让启介也说两句，无计可施，启介只好开了口。

——还不赶快吃，要惹妈妈生气了。

哪知彩花“扑哧”一声笑了出来，边笑边对启介说。

——妈妈生气了，会杀了你吗？要真这样她人生就完了哟，隔壁的阿姨昨天才来过家里，她马上就能作证。妈妈也不会傻到那种程度吧。

启介和真弓都沉默不语。真弓当晚没用洗碗器，自己用手慢慢地将锅和餐具清净，启介也在浴室里泡了比平日长很久的热水澡。之后，都立刻上床睡了。

彩花拿对门家发生的不幸当做趣事在玩。她不该是那样的孩子。果然，还是不该把房子建在这种地方。

下午四点——

上坡的步伐从未这般轻盈。远藤彩花一边回想着刚才跟比奈子在卡拉OK厅里发生的事，一边哼着小曲走在回家的路上。从来没有过如此愉快的事情。果然，这个世界还是平等的。管她在千金小姐的学校读书也罢，住在豪宅大院里也罢，发生了杀人事件家的孩子，将来不可能得到幸福。比奈子这一生都一定会生活在世人的指指点点之中。

以后，这条让彩花世界倾斜的坡路，也不过只是条普通的路而已。

“云雀之丘”分明昨天还拉着交通限制，挤满了警察和记者团车辆，今天就跟什么事也没发生过一般，鸦雀无声。以为要再闹上几日，我还兴致勃勃地想着给电视或周刊提供点儿信息呢，真扫兴——

快走到自家门口时，彩花都会下意识地偏头往左侧望去，期待着能撞见慎司。现在虽然已没了这期待，但当视线移到高桥家时——

——哇！真厉害！

从关闭着的车库一直到玄关，还有那深茶色石头搭建的高围栏上，全都贴满了条幅。

“去死！”

“杀人犯！”

“不要脸！”

“滚出去！”

“全家自杀！”

几十张条幅上全都写着中伤人的话语。有在白纸上用粗荧光笔写的，有用毛笔写的，还有用打字机大量打印的，写法各式各样，纸张大小也参差不一。

早上出门时，可没见有这些东西呀。才半天时间，居然发生这种事。是谁干的？彩花顺着围栏往上一看，二楼窗户的玻璃被砸碎了，这玻璃早上也应该完好无缺。早上出门时，彩花有个习惯——往二楼房间瞧上几眼，应该不会错。

伤人的条幅，打碎别人家的玻璃，这些场景只在电视剧里见过。没办法，这房子里出了杀人事件，被这么弄也不奇怪，彩花想。可是，这些不是该在深夜里干吗？大白天能干出这种事情的人，脑子里到底怎么想的？

彩花四处张望，不见人影。周围鸦雀无声。难道是那些看热闹的人，特意来刁难，大白天里明目张胆地上坡来干的？可是，如若那样，一定会让“云雀之丘”的人撞见。或者是这附近居民雇人干的？为什么？

是因为给他们平静的生活带来了不安？

是因为让他们感到了恐惧？

是因为这个事件给“云雀之丘”这个高级住宅区抹了黑？

话说回来，说不定贴这些条幅的人，根本不觉得这是“中伤”，说不定只以为是“抗议”，坚信自己做的事情合情合理，因此才在光天化日之下照做不误，是这样吗？彩花百思不得其解。

“滚出去！”

看到那用红色荧光笔写的文字，彩花想起了慎司的话。

——你们家是后来建的吧，不喜欢的话，搬家不就得了。

分明是都怪他才会被班上人嘲笑，但他却对我完全没有歉意。“标志是‘云雀之丘’最小的房子”这样跟朋友志保说的人应该就是慎司。这话传到志保那里，我才成了班上的笑柄。

可他还摆出那副盛气凌人的样子说风凉话。

所以，他家才会发生杀人事件的。

我家房子小是事实，也许他不需要道歉。可是，发生了杀人事件家的孩子，不该首先向附近邻居道歉吗？

半夜三更救护车来，巡逻车来，白天采访车也来，被新闻报纸登载，还上了电视，这附近的人们不都受到了牵连吗？

不让他当着大家面，跪在地上边哭边道歉“对不起，给大家添麻烦了”，我这口气咽不下去。这些条幅就是“云雀之丘”居民们的心声。住在这里的人谁都有权利抱怨。

彩花边一张张读下去，边在心中念叨“对，对，写得在理”。情绪也越来越高涨，高桥全家滚出去最好了。不，他们最初就不该在这里。

这样的话，即使是在“云雀之丘”，我也能生活得稍微安心些。

彩花低头看脚下，比拳头小一圈的小石头四处散落着。彩花拾起来，朝二楼的房间望着。

慎司的房间。每天很晚都亮着灯的那间房，到底是谁打碎了它的玻璃？分明有这么多房间，怎么偏偏不扔其他的？有资格向慎司的房间扔石头的——应该是我。

已经被砸破了的窗户也不要紧。我要向慎司的房间扔石头。向慎司扔石头。彩花举起了手。

忽然，一声尖锐的汽车喇叭声传来。

彩花一时吓得心脏都快跳出来，转身一看，是母亲的车。

车里的母亲大惊失色，目瞪口呆地盯着彩花，眼神犹如在看一个从未见过的生物。

下午五点——

尼龙的环保购物袋还一直原封不动地放在饭厅的桌上。里面装着冷冻食品，本应尽早放进冰箱，可真弓从椅子上站不起身。两颊发烫。空调虽然开着，但自出事那晚以来，一直关闭着的房间里聚集了大量的热气，一时半会儿凉不下来。

腋下汗水直流。却并非因为天气炎热。

彩花扔东西的样子，至今不知见过多少次。但从未像这次一样心扑通扑通地跳个不停。有什么不同？是因为刚才在外面看到的情景，让自己太受打击了吗？

不，是那孩子的脸，她的表情。

在屋里的彩花发脾气，看上去是为了发泄自己内心的不满。那张脸上似乎写着痛苦和欲哭无泪，因此即便无奈，也能在一定程度上理解她。但在那个刚才正要扔石头的彩花脸上，完全看不到那样的表情。

按下车喇叭，与彩花对视，她马上扭头就走。把手中的石头扔到道路一旁，冲进了家门。还在庆幸“在那千钧一发的时刻，阻止了她真是太好了”，安下心来没过一会儿，下车冲高桥家一看，二楼房间的玻璃已经破开了洞。

每晚夜里起床时，都能看见那房间里亮着灯。可能是慎司或者是比奈子，这么晚还在勤奋学习吧，不禁敬佩之情油然而生。可是在彩花心里，也许是另一种完全不同的心情。

但，即便如此，也不该做这么过分的事。

不过，较之破碎的玻璃，现在眼前更让人吃惊的，是那贴得满满的中伤条幅。离家前分明没有。在得知对门发生杀人事件的那一刻，闪过真弓脑海的就是这幅场景。

这样类似的场景在电视剧里见过，在新闻报道被监禁的杀人犯家中着火时，也见过。电视画面上那被烧焦了的房屋围墙上，就用喷漆写满了这样的中伤字句。

在现实生活中也目睹过。小时候住过的公寓附近，有一扇门上被贴了写有“变态”的字条。那里住着的上班族，据说曾偷人内衣。那家有一位比真弓大一岁的女孩，每天两人一起上学。可自从发生“内衣事件”后第二天起，真弓便独自上学了。已经记不清，是自己特意回避了她，还是她再也没来约自己，唯一记得的，是庆幸过自己不是和那女孩在同一年级。

单是“内衣小偷”就已经是那个下场，杀人事件的话更加不得了吧，看着电视上映出的高桥家，真弓心中不安油然而生。把人家的房子都拍摄下来，这不相当于告诉那些毫不相干的人“要想找碴儿，来这里”不是吗?

在大场景的画面上，真弓家虽然打上了马赛克，但依旧清晰可见。

如果有人弄错了，来我们家找碴儿的话，该怎么办？这种事情真弓也考虑过。

不过，事件过去两天了，也没见有人来找高桥家的麻烦。

对着这么高雅的房子，果然，还是不忍心下手吧？不，不是这样，应该是“高级住宅区”这块牌子挡住了那些品行恶劣的人。哪怕想找碴儿，特意从外面跑来的人，也会被“云雀之丘”这片土地的气氛所震慑。

真弓一直深信如此，可眼前这是什么?

光天化日之下。

之所以拖到今天才动手，是因为见警察和媒体都离去了吗?彩花是看到了这些条幅后，才扔的石头吗？是听见了玻璃破碎声，觉得兴奋，刚才又准备扔第二块吗？

这房子多么可怜。

真弓一动不动地盯着被砸碎了的窗户，忽然感到背后有人的视线，急忙转过身。

是小岛里子，正从门背后往这边看着。是要去哪儿吗？见她穿着一身花哨的裙子，挎着平日一贯的小包。两人四目相对，她要过来吗？真弓全身僵硬，但里子呼一下扭过头去，进了家门。

她怎么了？“发生了这么大的事呀”“到底是谁干的哟”，她应该会过来这样搭话才对，真弓紧张了一会儿。可是，结果里子却出乎意料的冷淡，反而让人摸不着头脑，难免耿耿于怀。

若非她知道了砸碎玻璃的是彩花。碎得那么厉害，应该有很大的声响吧。里子这人一定会出来看的。

虽说是发生了命案的房子，但往里面扔石头这种行为，无论如何都让人费解，不可理喻。里子肯定在心里鄙视。哪怕换成了我，如果别人家的孩子扔了石头，也会从心底里鄙视这孩子，不，鄙视孩子的父母。

有别的邻居看到彩花了吗？会不会从哪个角落里，此刻有鄙视的目光正盯着我？

真弓像逃窜般跑回家中。

房间里倒是凉爽，但脸颊的余热却久散不去。

下午五点三十分——

这咖啡真美味，喝上一口启介便在心中念叨。贴完壁纸后，雇主在客厅里准备了下午茶——热咖啡和巧克力蛋糕。启介一边津津有味地享用，一边向雇主说明壁纸的保养方法，这时，孩子们回来了。

中学生模样的姐弟俩穿着制服走进客厅。姐姐的制服有些眼熟。

“你们俩，要把手洗干净哟。还有，弘树房间的壁纸已经让这位叔叔帮忙给换了，过来道声谢谢。”

孩子们走到启介身边来，一齐低头敬礼。

“谢谢您。”

“没，没关系……”

见孩子们这般既真诚又有礼貌的态度，启介连忙半站起身，很不好意思地搔了搔脑袋。接着，孩子们就进里面厨房去了。

“弘树的房间不是蔚蓝的天空了呀。”姐姐说。

那蔚蓝色天空的壁纸贴满了四面墙壁，还有天花板，一进到屋里，就给人感觉像飘浮在半空中一般。如果彩花的房间也用这样式，她的心情是否也能变得更加舒畅些呢——边拆墙纸时，启介边这样想。

“我明年开始就是高中生了，如果把女朋友带到家里来时，还是蓝天的壁纸岂不丢人。”

叫做弘树的男孩回答。新的墙纸是一片白，没有花纹。为了耐脏，加入了一点儿灰色，在明亮的灯光下给人一种安宁之感。完工时，启介环顾着室内想——如果彩花的房间也贴成这样的壁纸，是不是也能让她冷静下来呢？

姐姐开始切分厨房饭桌上放着的蛋糕，一旁的弘树正倒着咖啡。

“应试前你就想着交女朋友的事，真够悠闲嘛。莫非已经有女朋友了？”

“哪有。——姐姐，你发短信了吗？”

“给谁发？”

“你知道嘛，还用我说。”

“——又来了。”

“你到底在干什么哟。我万万没想到姐姐你是这么薄情的人。”

“那你说我该发什么？‘打起精神来吗’，‘什么都可以和我说哟’，‘可以到我家来哟’，我感觉无论我发什么都可能会伤害到她。”

“可是，不闻不问，不才最伤她心吗？”

“你别装出一副什么都懂的样子。那这样的话，你发不就得了。难道，弘树，你喜欢比奈子？”

“你胡说什么。我这不也是因为她是姐姐你的好朋友才担心嘛。”

听到“比奈子”，启介往姐姐的方向看去。他们指的是对门家的孩子吧。制服也是一样，就是真弓说过“想让彩花也能穿上那样的制服”——S女子学院的制服。

雇主让孩子们安静些，又转过身来向启介道歉“真不好意思”。

“没什么，两人关系这么好，真让人羡慕。我家就一个女儿。不过，比起这个，您做的这蛋糕真是美味。”

“哎呀，我太高兴了。这是我自己手工做的。如果您不嫌弃的话，给您女儿也带些回去吧。我们全吃了的话，就卡路里超量了。”

没等启介开口，她就站起身来，往厨房走去。父亲带回去的手工蛋糕——彩花会高兴吧？

“爸爸的份，太大了哟。”

“对对，他本身就那么胖了。”

“没事没事，可可对身体好。”

启介看看围着餐桌的三人。这个家里绝对不会发生那种事件。家里有同样年龄的孩子，明明在同样的生活环境下，为什么有些家里会出事，有些却不会？

不，杀了丈夫的是妻子，是夫妻之间的问题吧？但原因在儿子。

下午六点——

扔石头的事没得逞，彩花很不服气，开始在一个手机网站的留言板上乱写慎司坏话。从昨夜开始，一直写个不停。

不过，为了不被人发现，彩花特意插入时间间隔，“打一枪”歇息一阵。在无数的留言中，有些能看出是熟人写的，而大部分却是跟高桥家毫不关联的人写的，写得空洞无物。

完全不相干，无任何关联的人，为什么要这般信誓旦旦地大发评论？因为事件发生在自家对门，彩花才这般较劲儿地写，在这之前从未有过，彩花对这些也兴味索然。

不过，看到这些留言，越来越觉得——这才是最大的制裁。出了事，被警察抓获，被法院判刑，这些都算不上制裁。被电视和网络全国性地报道，被素不相识的人中伤，被整个社会的压力掩埋，通过这样，不单让加害者本人，还让其家人亲戚也认识到他们做了不可原谅的蠢事，这不才能让他们好好反省吗？

这里写的留言，慎司和比奈子也不得不打心底接受。

——活该。

不仅是条幅，这里也写有相同的话。对，所言极是，那家人自以为是，所以才会出事。

慎司那天对我那种态度，所以当晚才会发生事件。

原来让对门家出事的是我。是我对着下坡去的慎司，反复念叨“让他不幸”才真正地出了事，我的愿望实现了，彩花回忆起了事发当天的情景。

那日，回到家后，慎司的话仍然在脑海徘徊。

一直以为嘲笑或蔑视，是只有脑袋笨的人才会做出的行为。彩花觉得与慎司只是缺乏沟通机会罢了，一旦有契机接触，他肯定会对自己热情亲切。彩花想象中的慎司对自己非常温柔。

在学校发生不顺心的事时，彩花会盯着与慎司相像的俊介的海报，想象自己是在向慎司倾诉烦恼。无论自己说什么，慎司都会频频点头示意，表示同情与理解。听完后，会安慰自己说“那不是彩花的错，不用放在心上哟”。

可是，对慎司的不满，靠俊介的海报无法排解。那羞涩的笑脸，越看越让人生气。听母亲叫“晚饭准备好了哟”就立即冲下楼去。

吃饭时，从来都开着电视。全家团圆这种事情，都不用考虑。父亲能坐拢来一起吃饭的时候，虽然一周里三次不到。但不管三人，还是单与母亲两人，都没什么想聊的话题。因此边看电视，边随声附和几句刚刚好。

那天，父亲也还没回家，跟母亲两人吃晚饭。把电视调到自己每周都期待的猜谜节目上，居然高木俊介也作为嘉宾出场，好生厌烦。换别的频道吧，但母亲也一直期待着看这个节目。节目刚开始就调开，她肯定要问东问西，解释起来更麻烦，所以干脆就这样算了，彩花想。

俊介虽然长相跟慎司相似，但脑袋毕竟不一样，应该不可能轻松解开谜题。

可是，高木俊介竟出乎意料地攻克了一个又一个难关。搞笑艺人主持人便道出，俊介现在在一名门私立高中上学，还说了有名大学附属校的名字。“哇，厉害呀！”现场欢呼声响成一片。电视机前也听到了同样的声音。

——俊介君，真厉害，聪明伶俐。怪不得演技这么棒。台词三五下就能记住，剧情也肯定牢牢地装在脑子里。而且能歌善舞。看来，还是聪明的孩子好，学什么会什么。

母亲非常感慨地说完，深叹了口气。

又叹气。我知道你想说什么。

——反正，我没考上！

叫喊的一瞬间，彩花感觉眼前原本平稳的桌面倾斜了。饭碗，菜碟，玻璃杯全都朝自己滑过来，彩花立即双手将它们掀开。

接着，彩花奔回房间，抓起书桌上的东西四处乱扔。房间倾斜了，桌子倾斜了，在彩花的眼里一切都倾斜了，朝着自己逼来。仿佛要被墙壁压扁。别过来，别过来。词典，教科书，笔盒，为了让它们不朝自己这方来，彩花狠狠地抓起它们，往地板上砸去。

别当我是傻瓜！

志保，班上的同学们，慎司，妈妈，连俊介也——

这种海报，我不要了！

彩花看一眼书桌旁边的墙壁。想起那天被撕得粉碎的俊介海报。限量版的稀有物，撕了怪可惜。事到如今，彩花才有些悔意。但又转念一想——不就是海报嘛，买新的得了。

粉红色格子上留着几道爪痕。看上去真寒酸。用附带在杂志上的海报来盖上吧，不，这种事让父亲干就行。那个人只会干点儿这些。下次选什么壁纸好呢？配合壁纸，窗帘也换了吧。母亲一定会兴高采烈地想帮着选吧，这次绝对不让她插嘴。

不知道留言有没有增加呢？

彩花打开手机，才过十分钟，哪能这么快。随便把高木俊介的坏话也写上去。

本想好心帮你分担烦恼，可你那从心里流露出来的，把人看贬了的气势，我看着就想吐。真是最糟的演技。

彩花哼着小曲，按下手机确认键，刚才倾斜的风景仿佛才渐渐平稳了下来。

晚上七点——

晚餐是用微波炉解冻了的炸串，生蔬菜的沙拉，还有酱汁。一天的零工结束后，真弓身心疲惫，经常做这样的搭配组合。

晚饭做好后，喊楼上的彩花，平日都是叫了又叫仍不见下来，可今天一溜烟就来了。一到桌边，彩花就拿起电视机遥控器，调到音乐频道。真弓把装了热米饭的碗放到她跟前，她拿起筷子，但眼睛依旧盯着电视。

放一个炸串在嘴里，咀嚼几口就咽了下去。若是平日，肯定会抱怨冰冻的食品嚼起来不带劲，但今天却一言不发，端起酱汤喝了起来。她是累着了吧？

“彩花，今天早退了吧？”

“你怎么知道？”

彩花回答，视线依然不离电视。

“班主任的电话打到我手机上了。到今天为止，已经连续三天了，是因为身体不舒服吗？量体温了吗？要不要去看看医生？”

“哪这么夸张，只是心情有点儿不好而已。”

彩花用筷子夹起炸串，张大口放进嘴里。

“不过，以前从没早退过吧，这次都连续三天了。而且期末考试也快到了。明天学校放假对吧？妈妈明天上晚班，早上陪你一块儿去趟医院吧。”

“真啰唆！”

彩花“啪”放下筷子。接着又“呼”地长叹一声。

“我说，你看清楚状况再说吧。我现在不是好好地吃着饭吗？要是身体不舒服，那还吃得下炸串什么的吗？你每次都这样。看也不看清我的情况，就照着教科书上的先说一通。退一步说，你如果真的担心我身体的话，肯定在吃饭前就问了吧。为了图自己一时方便，随随便便把这些豆腐渣菜摆上桌，还装作一副担心的样子。”

“你……”

本想给彩花做她喜欢的汉堡包。如果用家里已放了一阵的黄油，要是夹在中间流了出来，她肯定会吃惊，为此还特意买了新的。最后打消了这念头的就是彩花。而且她自己干出早退这种事，居然还一副盛气凌人的样子，全然不见内疚之情。

“够了，我听不到电视声音了，你闭上嘴巴。”

彩花一下把声量调到最大。真弓只好急忙塞住耳朵，电视里唱歌的是俊介。

“啊，新歌呀。”

真弓试着想缓和一下气氛，但彩花撅撅嘴，换了频道。动物频道上几只小猫崽正在相互嬉戏。彩花明明对动物根本提不起兴趣的。

彩花拿起放下的筷子，夹了个炸串。看着夹在筷子上的肉，窃窃偷笑。到底什么如此有趣，真弓满头雾水。

“喂，彩花。在学校发生什么事了吗？”

“没什么。”

“不过，大家应该都从电视上知道了对门家发生的事吧，有没有人说你什么闲话呀？”

“没有。他们又不知道我住在‘云雀之丘’。”

彩花握紧筷子，把炸串一口塞进嘴里。

“可是，前段时间，跟你同班的志保来过咱们家哟。”

彩花瞪大了眼睛。喝口麦茶把炸串一口气吞了下去，这下呛得差点儿没有缓过气来。

“为什么这种事现在才说？”

“怎么了？”

“为什么志保来的当天你不说！”

彩花两手“啪”的一声往桌上一拍，喊道。

“我忘了哟。”

真弓略带歉意地回答，但不懂为何彩花这般愤怒。那时，志保道歉说她弄错了。也就是说她并不是来找彩花的呀。

“我最讨厌你这些地方了！你是不是痴呆了哟？你知道托你的福，我蒙了多大的羞吗？就是因为你贪图虚荣非要在这种地方建房子，所以志保，班上的所有人，那杀人犯家的小子都瞧不起我。”

可是，接下来，彩花便无动静了。一副不把真弓放在眼里的表情，吃着自己的沙拉。酱汤已经凉了，所以没被烫伤。但溅到了身上，感觉很不舒服。

不过，此时不是顾及这个的时候。杀人犯家的小子——

“彩花，你今天见到慎司了？”

“啊？今天怎么可能见到，星期三中午的事情了。不过，比奈子公主，今天倒是见到了。”

“你见到比奈子了？在哪儿？”

“便利店。她当时盯着泡面看呢。”

“买了几人份的？”

“不知道。你这问法还真奇怪。你是不是想问也给那小子买了没，对吧？像你这种反应迟钝的人，还这样绕着问，马上就会被别人发现是傻子的，还是少来这套吧。”彩花不无鄙视地冲真弓笑道。

“不是据说他下落不明吗？他到底去哪儿了，我想知道呀。”

“为什么你非要这般关心那小子哟？”

“妈妈事发当天晚上，借给了那孩子一万元。因为在便利店时，他说他忘记带钱包。”

本想找到慎司之前保密，可还是讲出来了——也许坦白之后，彩花能够理解我担忧慎司的心情。

“简直不敢相信！正常人会给那么多钱吗？要没零的，在收银台去换不就得了吗？”

“可是，他是邻居的孩子，而且，他也说了明天一早就给我送来。”

“送来了？”

“……不是发生了那件事嘛。”

“你真笨啊。他肯定是出了事，逃出来的。可是，没带钱包，一时不知道该怎么办，就先进便利店去再说。结果遇到了你，你当冤大头了哟。啊，真是没用。”

岂止不理解，彩花满脸鄙视。

让我去便利店的不就是你吗？如果不是你让我去买生理用品，我当场就能把慎司买的也一起付了。

“你，果然，最差劲。”

鄙视真弓的表情，跟傍晚见到的那副表情重合。

“真脏，亏你还不着急。脑袋里肯定少了根筋吧？”

彩花看着真弓那浸了酱汤的毛衣，窃窃偷笑。这也是拜彩花所赐的。可她却毫无歉疚之意，反倒这般羞辱我，这孩子到底是怎么了？要这种行为启介也能原谅的话，彩花今后会继续犯错，会一直自以为是。

——我还是必须说。

“向别人家扔石头的人，不更差劲吗？”

“哈？”

“是你把对门家窗户砸碎的吧？”

“啊，你说那个。”

彩花平淡地回答。见真弓像责备般的神情，反倒瞪起眼来。

“干什么哟，你那副模样。你那么相信对门家孩子，却信不过自己的孩子吗？那你是不是以为那些条幅也是我贴的？”

“这个……”

应该不是彩花。短时间内要准备，还要贴上那么多条幅，单凭一个人肯定办不到。不，也有可能跟学校的朋友一起做。在学校的话，纸和荧光笔有的是，而且还可以借个电脑来弄。跟篮球部的朋友串通好，一起从学校早退，跑来贴这些条幅。弄完后，再扔石头。

“也许一个人做不到。可是，彩花。哪怕是发生了杀人事件的家，哪怕是很多人都这么做，你都不应该这么做。因为一旦给别家造成损伤，你就成了罪犯哟。”

“我都说了，不是我！”

彩花双手“啪”的一声拍响桌子，站起身来。把放了炸串的白色盘子高举起，往地上砸去。盘子应声而碎，碎片四处飞溅。

“住手！住手，彩花。”

“不是我！”

彩花尖叫一声，又拿起手边的东西，往地上砸。厨房里没有铺那能吸收声音的地毯，只听尖锐刺耳的声音响成一片。

彩花的手伸向桌子中央放置的观叶植物——

晚上七点三十分——

启介每天乘公车通勤。在离“微笑·云雀之丘”便利店前十字路口十几米远的车站下车，然后沿着通往“云雀之丘”的坡道往上爬。看着邻家车库里停放的高级轿车，启介想，“云雀之丘”坐公车通勤的人，恐怕只有自己吧。不过要说坐高级车去通勤，他也没这意愿。如果用建筑公司的车，倒还想过。不过，这是被公司禁止的。

启介喜欢建筑公司的工作。无论是新建房屋，还是翻新房屋，都能看到生活在里面的人们的笑脸。对启介来说，生活重心在建筑公司，家只是为了休息才回的地方。而这地方只是碰巧建在了“云雀之丘”。

启介提着装有手工巧克力蛋糕的纸袋，走在回家的上坡路上。为了让彩花喜欢，雇主太太还特地套上了知名巧克力店的纸袋。

昨夜才被警察和媒体的车堵得水泄不通的道路，刚过一天，就如同什么都没发生过一般，不见一个人影。在建筑公司办公室收拾整理时，启介从开着的电视机上听到新闻——别的地方发生了家庭内部杀人事件。据说，嫌疑犯是那家小儿子，现在还在持刀逃窜中。事情闹得沸沸扬扬。

——最好大家都忘掉在“云雀之丘”发生的事。

在快靠近自家附近时，听到前方传来“哐当”一声。像玻璃破碎的声音。仔细一看，有人站在路边。在路灯的反射下，腰边有东西忽闪了一下。这人正往高桥家扔着东西。

“小岛女士！”

启介禁不住大声叫出了名字，自己也大吃一惊。小岛里子立即把石头扔在脚边，朝启介的方向看过来。

“啊，远藤先生，你回来了呀。”

说着嫣然一笑，看不出一丝尴尬。启介抬头朝高桥家看去。二楼的窗户玻璃已经开了两个洞。从车库的拉门到院子的围栏上，还贴着无数的中伤条幅——全部，都是这个人干的吗？

启介看着里子。

“这些是‘云雀之丘主妇协会’小小的抗议。”

里子对启介说完，又往高桥家望去。

“‘云雀之丘’并非一开始就是高级住宅区。劈山开地，还要爬坡上坎，这地方很不方便。然而，这里的人们通过自己的努力，赚了很多钱。赚到钱后，也不往下搬，就在这里买下大片土地，盖起大房子，几十年的日积月累，‘云雀之丘’才有了今天的价值。高桥家在这里建房，大约是十八年前的事。据说是他家主人趁着再婚的机会，搬到这里来的。丈夫是医生，孩子们既优秀又有礼貌，大家都为搬来了一户好人家，高兴了一阵呢。这里安静祥和，是非常棒的地方。可是居然……”

里子双手拿起小挎包，用百般爱惜的眼神看了又看，递给启介。

“这个小挎包是我的宝物。用一根线把精致的亮片一枚一枚缝在高档天鹅绒上。缝起来虽然辛苦，不过更辛苦的是选亮片。这是从法国的一家名厂商订的货，但有时几十枚里总有一枚上带些不容易看出来的瑕疵。为了不误把这样的也缝上去，就必须仔细地检查。用我这双老眼，呵呵。你知道为什么要这么做吗？因为在完成之后，如果坏了一个，是不可能只把那一个取出来的。必须把相邻的全取下来。哪怕只有一块是新换的亮片，可也不能算作一根线缝上的了。这样一来，便什么价值都没了，变成了普通的小挎包。我的意思，你明白吗？”

启介听得云里雾里。但里子仍然继续说道：

“觉得只要沾上‘云雀之丘’的牌子，便有利可图的商家，进一步开山造地，建起好几家新房。也包括你家。说是热闹了，我看应该是嘈杂了。我觉得，不破坏以前住在这里的人们的积累，这是后来者应该遵守的最基本准则。可是，居然发生这种杀人事件。你现在眼前看到的这些，全是一直住在这里的人们的抗议声。”

启介屏住叹息。

——原来是被“当场擒拿”的老太婆，在为自己辩护。

着实让人不悦。怎么看贴这种恶言条幅，往别人家中扔石头，这些举动都幼稚低俗。而且，她还拿那无聊的挎包爱好来比喻“云雀之丘”，根本丝毫没有说服力。

“可是，这种方法……”

“哎呀，真让我吃惊。什么时候轮到你来评价我了。说回来——”

一声尖叫压过里子的声音。

——不是我！

接着，又传来“哐当”玻璃制品的破碎声。

“又来了。”

里子边叹息，边往声音传来的方向转过身去。启介也转身看去，是自己的家。彩花的尖叫声划破了“云雀之丘”宁静的夜空。接二连三传来破碎声。

“对门家发生了杀人事件，你们家也还是什么都没变呢。我都厌烦了。就因为这样，我儿子夫妻俩都不愿意回来了。”

启介想塞住耳朵，就这样冲下坡去，逃之夭夭。

——我必须进到那里面去吗？

为什么不能过上平常人的生活呢？从来没有发过火，没有动过粗，她们说什么都听，想在“云雀之丘”建房子也建了，然而却……

“为什么不去哟？快去劝劝她们哟。又不是今天一时性起才开始的，这点你也知道吧。”里子带着责备的语气劝道。可是，启介依旧纹丝不动。

进了那里面又能做什么呢？如果能阻止的话，早就阻止了。除了等她们自己安静下来，已经别无他法。

“喂，快点儿。”

里子推着启介的背。

“你到底要我怎么做？”

“啊，我烦你了。就是因为你这一家之主都这样，所以你们家才这么麻烦哟。你把这袋子给我，我去帮你劝吧？”

里子边叹气边看看启介手中的纸袋。能做的都试试——启介怀着豁出去了的心情将纸袋递给里子。里子又深深地叹了口气。

“我还以为，因为是别人家的事，所以你才躲着看，没想到你连自己家的事，也一样的态度呀。”

启介大吃一惊。

“你说的是……”

“我知道哟。高桥家出事那会儿，你也和现在一样听到了慎司和淳子的声音。你当时不是一直躲在停车场里的车背后吗？”

被她发现了吗？启介看看自己的车棚。事发当时，自己确实在那里。可是，并不是躲着。而且既然里子知道这件事的话，不也说明她当时也听到了外面的声音吗？

“小岛你也……”

“哐当”一声。这次不是从室内传来。是窗户玻璃破碎的声音。

住手！

像要消除所有的声音，要穿破夜的漆黑一般，一声哀号响彻“云雀之丘”的天空。

真弓的声音。

启介跑了出去。朝着那温暖的橙色灯光聚集的坡道之下。

【七月五日（周五）下午三点—晚上八点三十分】

Part 6 高桥家

晚上十点二十分——

高桥良幸、比奈子、慎司三人进了离车站不远的国道沿线的一间小家庭餐馆。店内客流稀少。午饭还没吃的良幸点了汉堡套餐，半小时前刚吃过泡面的比奈子和慎司要了中号的比萨，外加饮料。

从高速大巴下来后，良幸建议回家前，先找地方坐下来谈谈。于是将比奈子和慎司带来了这里。虽然在家里也可以谈，而且还不用担心人们的目光——但还是来了这里。良幸意识到，原来真正的原因是自己现在还没有回家的勇气。

“哥哥，你迄今为止一直在干什么哟？”

比奈子一边用吸管搅拌刚从饮料店买来的冰咖啡，一边问道。

“真对不住。之前有一个我必须上的课程。”

着重强调了“必须”。比奈子好像一直在期盼着自己归来，一下车她就跑了过来。因此这句话，既是对比奈子的歉意，又是给自己找的借口。

今天早晨，虽然良幸也想过立即折回家中，可脚一踏出家门，便停住了——在这里时，我只是个普通的学生。然而，一旦回了家，自己便成了杀人事件的关联者。以后不管出现何种糟糕的状况，自己都不可能说，“不想听，不想知道”就能蒙混过去。也不可避免地会被人们好奇的目光所质疑。

今天有为了修学分而不得不上的课程。上完后，再回家吧，晚回去半天，事态应该也不可能有多大变化。于是，良幸径直去了学校。

“你是什么时候知道事件的呢？”比奈子问。

“我整天都待在研究室里，昨晚看到你短信后才知道的。”

“是吗？我还以为警察已经跟你联络了呢，所以才那样写的。一定让你看得一头雾水吧。应该写详细点儿的。真对不起。”

“不是比奈子的错。”

刚进教室，良幸就从学生部的事务员手中，接过一张电话留言条。上面写着来自Y县S市警察署的留言——希望您赶快跟我们联系。来电日期是昨天上午。学校的事务员一定没想到与杀人事件有关，便拖到了上课时才传达。

真是慢条斯理的人。不，我没有资格这么说。

良幸把留言条折起，放进牛仔裤的口袋里，听了三小时的课。上午课就全部结束了，若是平日，良幸会径直回研究室。必须要做的事还数不胜数。可是，感觉到这些都不能称之为不回家的理由了。

良幸走进研究室，报告了父亲突然过世的消息，教授和其他的学生都过来温柔地安慰他。感觉有些心虚，但并没有撒谎。

当我再回来时，他们会依旧这样对我吗？这样一想，良幸不禁感觉这次仿佛是诀别。

“我完全没想到哥哥你会从高速大巴上下来，我还以为你一定会坐新干线回来呢。”

“身上的钱不够坐新干线。”

“这样呀，这么说来，我想起你以前也这么说过，那次是坐夜间巴士回来的。”

比奈子喝着咖啡，一副总算想通了的样子。——撒了谎。坐新干线这点儿钱，钱包里还是有的。如果坐下午的第一班车，傍晚就能到家。但不想在天还亮时回家。在新干线车站下车，换乘在来线[1]，在离家最近的站点下车后，往家走的这一路上不知如何是好。单是想象一下熟悉的邻居们会用怎样的眼神看自己，就感觉胃液翻腾，想要作呕。

因此选择了巴士。巴士要深夜才到达。巴士站在“云雀之丘”下方最底处的海岸边。从那里下来后，不会碰到熟人。不回家，也不跟姨妈家联系，找个商务酒店住下吧——良幸本来这么想，可是……

“你既然已经在来这里的路上了，应该发条短信，告诉我一声嘛。我不是发短信说我要去你那儿吗？你看，这不差点儿就错过了。”

“昨天到家里来住的朋友，不小心把我手机带走了。对不住啊。”

“原来如此，所以才没回我信啊。那朋友也真是的，偏偏在这个时候犯这种低级错误。难道，是女朋友？”

明里的面容浮现眼前，但良幸不想回忆起昨夜的事。

“不，我怎么可能有。”

“这样哦。不过，太好了，没被哥哥抛弃。”

“你还给我发过别的短信吧。真是抱歉，都没能回应。”

“没事，没事。我就知道哥哥怎么可能弃我们不顾嘛。”

[1] 在来线是日本铁路用语，意指新干线以外的所有铁道路线。

比奈子的眼睛仿佛有些湿润，忽闪忽闪。

——不禁感到一阵心痛，我害怕自己受牵连，一直犹豫要不要回家，而比奈子却对我深信不疑。现在还非常享受地吃着比萨，她说吃过泡面，但好像食欲依然旺盛。没一会儿，又伸手拿起第二片比萨。

良幸看看放在眼前的汉堡，迟迟不肯动口。坐在车上时，肚子饿得咕咕叫，想着一下车就立即填点儿东西，可食物当前时，却没了食欲。哪怕硬塞进嘴里，也感觉难以下咽。

眨眼间，比奈子已把比萨消灭了一半。

“慎司，你不吃吗？”

“啊，嗯。我肚子不饿。姐姐，你吃吧。”

慎司低着头答道。

“那我就不客气了哟。”

比奈子又伸手拿起比萨。良幸看了看坐在对面的比奈子和慎司。比奈子吃得正香，而一旁的慎司却沉默不语，只用吸管小口小口地吮吸着可乐。

在巴士车站遇到比奈子时，已经觉得很惊讶，但更惊讶的是，她后面竟然跟着慎司。他不是下落不明吗？既然和比奈子在一起，说明他没做过值得内疚的事吧？也就是说，杀害父亲的果然是那个人？

完全想不到出于何种动机。所以，慎司行踪不明的背后一定有重要的原因。

杀了父亲的是慎司，那个人在包庇他。

虽然很难想象慎司会干那种事，但从年龄上看，比起那个人，慎司的可能性比较大。而且，也容易想象出那个人包庇慎司的样子。跟明里说的时候，说自己完全没有受过区别对待。但事实上，自己也感觉到，那个人对我和对慎司的感情从心底里有区别。只是，这无可厚非，这点自己也清楚明了。

谁都觉得自己亲生的孩子更可爱，而且，那孩子还长着跟自己一样漂亮的脸蛋。即便同样是亲生的孩子，关爱的程度也不同——良幸也注意到了那个人对慎司和比奈子的态度也有所差异。

是慎司吗？

可是，慎司就在眼前。看上去他好像没有食欲，但看不到胆怯的神情。如果真的杀了人，不可能这般沉得住气。除非是杀人不眨眼的魔头，但慎司是自己的弟弟，他比谁都温柔善良，羞涩腼腆，这点可以断言。

“我现在才赶回来，还完全不知道出了什么事。我想，明天去趟警署问情况。在此之前，你们能先给我讲讲事情经过吗？”

比奈子看上去情绪比慎司镇定，应该能更客观地叙述事情。

“我才想知道哟，我当时也不在家。”

比奈子瞥一眼慎司。还以为他们俩在一起，一定谈论了“有关事件”的事。没想到，好像也并非如此。

“慎司，该你说了吧。”

比奈子像恳求似的对慎司说道。慎司依旧低头默不做声。

“慎司！说话。你这样一句话不说，有什么用。”

比奈子“咚”的一声拍响桌子。

“比奈子，冷静。”

此时不要刺激慎司为好，良幸赶紧阻止了比奈子。慎司抬起头。

“姐姐这样说话的方式，和父亲一个样。总是把我当成没用的人，全盘否定。你既然这么想知道，我就告诉你。”

从慎司的脸上看不出任何感情色彩。

——你知道这样一个笑话吗？

脑袋愚笨的美女演员跟相貌丑陋的天才博士求婚。女演员对博士说——喂，如果我们有了孩子，肯定跟你一样天才，跟我一样漂亮吧。博士说——可是，如果跟我一样丑陋，跟你一样愚笨，那该如何是好？

完全不好笑，也许不能算作笑话。这两人，你们不觉得和父亲母亲很像吗？不过，遗传这种东西，也并非真能各自一半。

哥哥虽然跟我们不同母亲，遗传了你母亲的长相和父亲的聪明头脑，所以各自一半，你母亲也是很聪明的人，所以说不定全都遗传了母亲的。姐姐是长相和脑袋都遗传了父亲，运动神经遗传了母亲，都是较好的地方。而我遗传的却全部是母亲的。

早在小学最后几年，我就发现了，自己脑袋不太好使。我完全不开窍。——啊，解这道题可以这样做——我根本没有像这样自己想出过方法。只是反复预习，复习，增加做题经验。

也许，最初意识到这点的是父亲。

从那以后，父亲经常来书房责备我。我以为，不管有多痛苦，只要自己忍耐就行。直到有一天，我发现母亲比我过得还痛苦。所以每到考试和模拟，我就拼命地学。因为我，母亲才会那样痛苦。我几乎想从家里逃出去。可是，如果我真逃出去，母亲一定会更痛苦。我想，无论如何，我必须努力学习，所以模拟考试前一天还让姐姐到朋友家去住。

但是，母亲的忍耐已经到了极限。也就是事发当晚。

那晚，母亲到我房间来，叫我去便利店买东西，透透气，换个头脑。第二天就要模拟考试了，我根本没那心情。如果那么空闲，我更必须学习，而且父亲在家里，我要想这时出去，根本不可能。可是，母亲说，去一会儿没关系的，我像被她赶着出了家门。所以，钱包和手机都没带。

我跟姐姐也说了，我之所以会跟对门阿姨借钱，是因为如果我去了便利店，却什么都没买的话，我想回去一定会被父亲训斥的。我一回到家，就看见玄关停着救护车。在便利店时，发现有救护车通过，但做梦也没想到是去我们家的。我以为出了事的肯定是母亲，于是非常害怕不敢进家门。就躲在垃圾站背后看情况，结果被抬出来的居然是父亲，好像发生了什么大事，我一时不知道怎么办才好，于是逃走了。

比奈子惊讶得合不拢嘴。慎司说话时，有好多地方都想插话，可正当话音落下后，反而不知道该说什么好。脑中思绪乱作一团。

“你说的痛苦，是指父亲对你们用了暴力吗？”

良幸问。刚才那副讲得滔滔不绝的样子，仿佛一时错觉，慎司又低下头，沉默不语。

“受过伤，去过医院吗？”

“哥哥在问什么哟。有认真听慎司说的话吗？一点儿都没觉得反感吗？慎司编造出那种话。”比奈子忍不住插嘴道。

“爸爸不可能使用暴力。虽然事发当天我不在，但我那么多年住在一个家里，怎么可能一点儿也没察觉？从来没见妈妈身上有过伤疤。慎司也是。你别装着一副娃娃般的纯真模样，乱说一通。”

比奈子感觉仿佛死去的父亲被亵渎一般，而且还是被自己家人。对听信慎司话的哥哥也让她备感生气。自己亲生父亲被杀了，却偏袒着母亲找原因，真让人难以置信。

“慎司，到底怎么回事？”良幸问道。

“是语言暴力。姐姐从来都说些大道理，也许无法理解我的心情。每次被父亲责备时，我都感觉自己快要消失了一般。我想，母亲肯定也有同感。”

慎司一本正经地答道。

“说谎。爸爸从来都没有对你和妈妈大喊大叫。你和我房间相邻。即便是听不见小声的对话，大声说话总听得到吧。如果你被大声训斥的话，我肯定会有所察觉。”

“你具体被责备了些什么呢？”

比奈子否认了慎司的话后，良幸接着向慎司确认。这在比奈子看来着实想不通。慎司又低下了头。

“你是现在才在编吧。没用的。我从来没有听过爸爸训斥你的话。从来不都是在夸你吗——我只会学习，所以努力当上了医生。至于你，应该有很多可能性能够选择，选自己喜欢的就好了。他不是总这么对你说吗？”

比奈子非常羡慕慎司，能听到父亲的这番话。也很羡慕哥哥。

学习上如何努力也超越不了哥哥，运动上如何努力也赶不上慎司。无论如何打扮，也感觉跟慎司和母亲的漂亮有天壤之别。

即便如此，父亲对比奈子的关怀依然无微不至：自己的工作再辛苦，也会听比奈子八卦学校的无聊新闻；考试成绩即便跟哥哥有再大的差距，也会表扬比奈子尽了自己最大的努力；穿上新衣服给爸爸看，也能听到他热情的赞美。

正因为如此，比奈子才想实现父亲另一个未能实现的梦想——当一名建筑师。

“到底怎么回事，慎司？”

良幸问慎司。对始终想保持中立的哥哥，实在太失望了。本以为哥哥回来后，一定能想出办法，至少也可以看到前方一点点儿微弱的光芒，可是……也许是抱的期望太大了。

“这样才最残忍哟。”

慎司低声呢喃。

“啊？不知道你在说什么。叫你做你喜欢的事，这算残忍吗？别瞎说。那你想要爸爸怎么做？希望他强制你拼命学习，希望他逼你当医生？希望他大声骂你是没用的东西？希望他动手打你不成？像你这种从小被妈妈溺爱长大的孩子，不管别人说什么都只会往负面方向想。说什么残酷，亏你对爸爸作出这样的评语。你是不是听不懂话哟？”

“比奈子！”

良幸叫住比奈子。“总之，先让慎司把话说完。”

“为什么要吼我哟？”

从来没被哥哥责骂过。明明自己到现在才慢条斯理地出现，却摆出一副自以为是的模样。明明家里发生了杀人事件，居然还去上课，难道上课比家里出了事还重要吗？嘴上说手机被朋友拿走了，如果想要联络，用公共电话不也行吗？说没钱坐新干线，事实上有吧，进这家店时，哥哥说“想吃什么就点什么”。高速大巴的车费，加上三个人的饭钱，应该跟坐新干线差不多了。

哥哥不会是逃避了吧，而且也许现在还在想如何逃避。并非为了父亲，为了母亲，为了兄弟姐妹，而是单纯为了自己，在考虑脱身方法。

“慎司，你认为父亲的话很残酷，是不是把父亲说的话，理解成他对自己失去了信心，感觉自己被抛弃了？”

良幸用温柔的语气问道。慎司深呼一口气，点了点头。

“原来如此。慎司希望自己在学习上付出的努力，能够得到父亲的认可。可是这样的话，你刚才说的不有些奇怪吗？你为了这点儿事就感觉自己受到伤害的话，我觉得太夸张了。你现在才上中学，我在你这个时期也思考过同样的问题，所以能理解你的心情。但是，母亲不可能因此就被逼上了绝路。难不成是父亲对母亲说了什么更过分的话，或者采取过暴力？”

对，所言极是。这个意见我能赞成——比奈子也瞥一眼慎司。

“不是这样。不是这样……”

慎司低下头，又默不做声。这样下去天都要亮了。比奈子站起身来，去倒第二杯饮料。

若是事先想好的内容，脱口而出没问题，但若遇到临时的，便不知如何作答，简直跟考试时一模一样。

——慎司只要做自己喜欢的事情就行了。第一次听到父亲这么说，是小学四年级时。临近高考，哥哥为了能考上医学部拼命地学习。看到这样的哥哥，慎司心想自己迟早应该也必须同样努力。但既然父亲说了，让自己选喜欢的就行，慎司当真了。虽然还没有确定的目标，但非常想去篮球厉害的学校。

——小慎呀，你也想跟爸爸一样成为医生对吧？

说这话的是母亲。她双手放在慎司的肩上，一张笑脸望着慎司，可眼中却没有笑意。不知为何有一些胆怯，慎司只好“嗯”点头作答。这时，母亲才总算露出了发自心底的微笑。从那以后，母亲便张口闭口都是医学部。

确实，在那之前，感觉母亲从没为学习的事喋喋不休过。考试成绩好时，会大加赞扬，运动会上取得竞走比赛第一时，亦是如此。

变化是从意识到要参加中学应试之后开始的。

——中学还是跟哥哥进同样的K中怎么样？哥哥虽然进了关西的大学，小慎进跟爸爸一样的学校如何？小慎肯定没问题的。你是爸爸的孩子嘛。

因为母亲这般劝导，慎司参加了K中学的考试。跟无数考生一样应试备考，然后轻松地通过了考试，觉得考试也不过如此。上高中后，加入了篮球部，跟父母报告后，得到了父亲的鼓励和支持，但母亲却没有好脸色——会影响学习，不许参加。

在那之后，最看重考试成绩的也是母亲。“才一年级，不需要这么着急。”哪怕父亲支持，母亲事后也会跑来房间，小声说道：“爸爸虽然那么说，但……”

因为受不了这样的压力，慎司还曾离家出走。并非向母亲宣告后出走，而是半夜自己悄悄地溜了出去。但不知该去哪里好。朋友倒是有，但没有像姐姐的朋友那样，关系好到可以去借宿。

住在“云雀之丘”的人，上了年纪的较多，因此十一点后，基本上看不到还亮着灯的房屋。可是，坡下却灯火通明。仿佛被那暖暖的橙色光辉所吸引了一般，慎司朝坡下走去。下到铁道旁时，有车辆在行驶，再往下走，街上人越来越多。

慎司边用眼角余光看着与自己擦肩而过的同龄孩子，边径直往下走，直到海岸边。汽车站里的白色灯光犹如飘浮在漆黑之中一般。转到车站后，便是大海。沿着堤岸的一片宽广的空地正笼罩着夜的黑暗。

几年后，听说这里要建一座巨大的观览车。坐在那样的观览车上能看到什么样的景色呢？

慎司抬头看看山边。灯光组成的纽带一直蔓延到了山间，连到原本黑魆魆一片的“云雀之丘”。此刻绚烂的光芒如同给所有的家都点上了明灯。黑暗仿佛只存在于自己脚下的这片土地。可是，慎司反而感觉心中些许欣喜。与黑暗连在一起时，有一种再也不需努力的感觉，这样的感觉让心终于得以平静。

随着年级的升高，离开家，下坡去与黑暗相连的频率也越来越多。母亲说慎司的成绩下降了，但并非如此。而是周围的同学都加快步调，慎司跟不上了。能力的界限，哪怕是通宵预习，复习，也只能勉强跟上课程进度。可是，母亲却认为原因在篮球部。

——课外活动这种东西，没必要非得现在。好好学习，进了高中后再玩不迟。

尽管母亲百般阻拦，但慎司并不想放弃篮球。为了不被逼退出，慎司又增加了学习时间。就这样，终于熬到引退比赛前的最后一个月，到了县大会预选的热身赛时——

比赛当天，为了早上能尽快出门，慎司把行李都装进运动包里，放在玄关边上，可出门时却怎么找也找不到。制服，鞋，练习时用的球全都在里面。问正在厨房里的母亲，她很平淡地回答："完全没注意到。"

再确认一次自己的房间，另外，客厅，厨房，洗漱间，厕所，包括浴缸都搜遍了，还是没有。抱着仅存的一线希望，慎司走到屋外。检查了院子，又径直走到道路上，斜对门家的阿姨，挎着她那一贯的奇怪小包，在门前扫除。

——啊，慎司君，这么早啊。

阿姨搭了话，但此刻没工夫与她闲聊。可是，阿姨笑吟吟地走了过来，说道。

——顺便问一下，篮球也是可燃垃圾吗？

慎司顿时满脸煞白，急忙跑到三十米外的垃圾站，在指定地域里放置着的半透明垃圾袋中，发现了装有篮球、制服、鞋子的东西。这时传来大型机动车的轰鸣声，转身一看，垃圾收集车正向这边驶来。

千钧一发。

慎司提起垃圾袋，抱在怀里，往家跑。

——这到底是怎么回事？

慎司强忍着内心的愤怒，可母亲依旧一脸平淡地回答。

——我们不是说好了吗。如果期中考试没进入三十名以内的话，就终止课外活动。是你跟妈妈约定的哟。收垃圾的前一天，玄关那里放着装了篮球的垃圾袋，我还以为你想让我帮忙扔掉呢。

对，约定过。所以才这么努力。努力到每晚只睡两三小时，终于在一百名中排到了三十四名。这对一直在后方跟着都困难的慎司来说，简直是奇迹般的名次。

父亲也表扬了慎司。母亲在一旁高兴地说：“慎司真的拿出干劲儿来，能取得这样的成绩轻而易举哟。因为他是爸爸的孩子嘛。”因此，慎司一直以为离三十名相差的那四个名次，母亲肯定宽宏大量不再计较了。可是，居然——

——刚才问你的时候，你不是说不知道吗？

——那是报复你跟我说了谎哟。你不会现在还要去课外活动吧？今天不是有补习班的模拟考试吗？

所以，就给我扔了，对吧？

——今天是县大学预选赛的热身赛！

——到底哪边比较重要，你好好想想。

模拟考试只是接下来排山倒海而来的多场考试中的一个。而且，这场模拟考试和最后的考试不沾任何关系。可是，篮球比赛包括今天的热身赛在内，最后只剩两场。如果在县大会预选赛取得优胜，就还有一场。不过，那希望渺茫。在今天的比赛上取得优胜，也跟什么都不相关。但是，并不能说是场可有可无的比赛。

——求你了。

——今天不行。如果你这么想去参赛的话，就好好遵守约定。下次学校里不是也有模拟考试吗？如果那次考试进学校前三十名，我就允许你去参加县大会预选赛。

不顾母亲的反对，抱着垃圾袋去参加比赛，慎司没这样的魄力。结果，还是向母亲投降了。可是，这样的状态下，参加补习学校的模拟考试，根本不可能取得好成绩。

为能上场参加最后的篮球比赛，只有在下次模拟考试中取得让母亲满意的成绩。因此，考试的前一天，才拜托姐姐去朋友家借宿。

这个姐姐现在正一边喝着刚从吧台倒来的咖啡，一边翻阅着菜单。还打算吃什么吗？真羡慕她的粗神经。哥哥把凉了的汉堡包，切成小女孩吃的大小，缓慢地送入口中。

慎司沉默后，良幸慢条斯理地吃起汉堡包，还剩下一口盘子便空了。比奈子像在看图鉴一般，凝视着菜单，却又不像要点菜的模样。

——怎么办才好。

比奈子本以为兄弟姐妹聚一起真相就会水落石出。再在这之上，考虑今后的对策。慎司说自己和母亲受到了残酷的对待，也就是说先出手的是父亲，那么，母亲的行为能不能算作正当防卫呢。可是，父亲并不像那种会对比自己弱小的对象出手的人。这么一想，即是自己意料之中的：不是暴力，而是被语言中伤。可这样就导致了精神不安吗？父亲的话无论如何也不像能把人逼入绝境的话。加上，慎司此刻缄口不言。

不知为何，只觉心中不悦。

“喂，你们俩打算怎么办？”

比奈子和慎司同时抬起头，默不做声地看着良幸，表情上仿佛写着“你的打算呢”。

“先确定真相，然后在这之上，考虑将来的事，我本来觉得这样最为妥当。所以想跟你们商量来着。不过，关于真相就这样吧。”

“什么意思？”

比奈子问。

“真相就是新闻里报道的，母亲自己说的那样就行。父亲跟母亲发生了争执，母亲拿起重物将父亲打死。这就是事实吧。如果这是事实，没有预兆吗？两人之间发生了什么？——跟你们在这里讨论这些也没用。所以接下来，是我们就现在所知道的事情，考虑要怎么做才能对我们最有益。”

“我们……”

慎司低声呢喃。

“对。三个兄弟姐妹，作为家里发生了杀人事件的孩子。”

“我们能做什么呢？”

比奈子问。

“我现在直面的困难是什么。比奈子你也知道，不可能过上和以前一样的生活了，对吧。去学校会感到不安吗？”

比奈子痛苦地摇摇头。

“是什么样的不安？钱？不对吧。是周围的眼光。难道你看到了手机上一些胡乱写的留言板？”

良幸脑海中浮现出一早在电脑上看见的文字。单是回想都让人想作呕。

比奈子又一次摇摇头。

“……我怕手机没电了，就没开机。”

“这样就好。千万别看。我们自己家的事，让那些毫不相干的家伙闹得沸沸扬扬。”

如果还没看到，也许别告诉她比较好，但是如果不让她知道，前面已经出现了困难，谈话也无法继续。

“我们以后将会遭受到这种无缘无故的恶意。不单是在网上。也不知道现在家变成了什么样。也许还会直接受到刁难，或是伤害。为了尽可能回避这些，我们首先要考虑的是如何让母亲减刑。进监管所和缓刑，或是无罪，这之间有天壤之别。”

“有无罪释放的可能吗？”

“跟晶子姨妈也商量一下，尽量请个好律师。可是，比起这些，更重要的应该是我们的证词。例如，刚才慎司说过的话。虽然没有从父亲那里直接遭过暴力对待，可如果变成受过暴力，会怎么样？”

“你在胡说什么呀？简直不敢相信。想诬陷爸爸吗？绝不允许。”

比奈子叫出声来。在远处站着的店员往这边瞧了一眼。

“我也不愿意。”

良幸压低声音。

“那你为什么还说那种话。话说回来，哥哥，你的亲生父亲，被跟你没有血缘关系的母亲杀了。可你居然想得出这种方法来。爸爸死了，你一点儿不伤心吗？”

“我怎么可能不伤心。”坐在摇晃的巴士上，良幸一直想着父亲。感觉不到深切而直接的悲痛，难道是因为不太喜欢父亲吗？不单如此。

父亲的大手常常抚摸着良幸的脑袋。被父亲表扬良幸就会非常高兴，所以学习上特别用功。说自己想当医生时，父亲高兴地把手放在比自己个子都还高了的良幸肩上，轻轻地拍打，说道：“我对你充满期待。”

坐在座位上的良幸摊开双手，试着抚摸了一下自己的脑袋。比起父亲，良幸无论在身高还是体重上，都早已超过了父亲，却感觉自己此刻的手，比起父亲的手是那么渺小。

这一瞬间，眼泪夺眶而出。父亲，父亲，父亲……良幸失声痛哭。

如果只是听说父亲被杀，那一定会从心底放声大哭，而且会想杀了那个杀人犯，为父亲报仇。

可是，杀了父亲的是那个人。虽然与那个人没有血缘关系，但她从小到大对自己的关怀都无微不至。良幸一直把她当做自己亲生母亲。

发生了大事，却感觉像跟自己无关，也许是因为，对立的两件事同时发生，让人在接受真正事实之前，两件事就自动对立抵消了吧？

也许因为哭过后，心情稍微得以平复，终于想通了这一件事。

父亲已经不在了，剩下的只有那个人。不管是不是杀人犯，她都永远是亲人。且不止，世间的人们也会一再强调我们是一家人。我们自己必须接受。

比奈子和慎司了解这些吗？

“那，你给我解释清楚。父亲到底有什么可恨，非得杀了他不可？母亲到底为什么要杀了父亲？是因为慎司你的成绩不好？可是，你升学考试并没有失败呀，而且，也从未因为成绩不好被父亲批评过。话说回来，有人会因为儿子成绩的事杀死自己丈夫吗？而且，我从来没见过那两人争吵。母亲跟警察讲了杀人动机吗？”

“不知道。我也不知道。”

比奈子双手抱住脑袋，突然想起什么，猛抬起头。

“——喂，慎司。你那天晚上，跟母亲发生争执了吧？”

“什么意思？”

一直默不做声地盯着桌子一角的慎司，抬起头用嘶哑的声音问。

“装傻也没用。我听彩花说了，你那天晚上一直在乱叫‘啊’呀‘哦’呀，母亲在一旁大喊‘原谅我吧’‘救命’什么的。”

“这是真的吗？”

慎司跟母亲发生了争执。慎司大声乱叫。虽然难以想象，但既然有证人所见，应该是事实。为什么这么重要的事不早说。

“慎司，你跟母亲到底怎么了？”

“……没什么。”

“怎么可能没什么。不是发生了大事，你会大叫吗？”

“……不是跟母亲发生了争执。是我自己心烦意乱。”

“发生什么让人心烦的事了吗？”

“我……我想去参加篮球比赛。”

慎司很泄气地回答道，却忍住了叹息声。对面坐的比奈子深叹了口气。慎司知道自己现在在说些什么吗。不过，好不容易让他开了口。不宜中途打断。

“想参加，参加不就得了。难道，是从正式球员中被开除了？”

“不。是母亲不让我去。”

慎司抬起头。一副严肃认真的模样。

慎司决定坦白当日发生的所有事。既然自己大叫的事都被知道了，那就没什么可隐藏了。

“上中学三年级之后，母亲就经常对我说‘课外活动会影响学习，必须终止’。可是，其他的都行，篮球我绝对不想放弃……”

从小学三年级就开始打篮球。打篮球是唯一自己主动想干的事情。如若这个也放弃掉，那感觉就会变成完全没任何意志和主见的人。

“我自己悄悄地继续练，但是被母亲发现了，上一次的比赛就没能参加。所以最后的比赛，我说什么也想去。于是跟母亲约定，如果下次模拟考试，能排进校内前三十名的话，就让我参加。因此我每晚都拼命地学。模拟考试的前一天，还让姐姐到朋友家去住。”

“我根本不知道，这里面还掺杂着篮球比赛的事。”

比奈子一脸吃惊的表情说道。

有别的家庭成员在场时，母亲不会与慎司谈论学习的事。只有当两人时，才会悄声地劝说。所以，虽然慎司希望比奈子能尽量待在家里，但是，这样一来，比奈子也有被责骂的可能。

母亲从来不把慎司成绩差的原因，归结到天生能力的缺陷，而认为是篮球的错，是手机的错，或者，是比奈子的错。比奈子在自己房间里听音乐的声音本没有任何影响。可是在慎司考试期间，母亲会常常去警告比奈子注意音量。

“因为我一直强逼着自己，脑袋就开始疼痛起来。模拟考试前一天，上课时大家都很轻松就能解开的题目，我却办不到。脑袋像要炸裂般地疼痛，于是从学校早退了。”

“你脑袋疼的事，跟母亲说了吗？”良幸问。

“没有。我自己也知道，肯定是心理作用引起的。”

慎司回答完，继续说。

“从学校出来后，也还是一直疼。而且离家越近，那种疼得快裂开的感觉就越强。等我回过神来时，自己已经在往山下走。这样，感觉心里能平静些。以前一大早，跟哥哥你在车站遇见过吧。那次也是，是为了换心情才出去的。”

“这么说来，你的确在那之后去参加模拟了呀。”

良幸想起当时的情景。原来如此，怪不得他当时会出现在那里。

慎司点点头，继续说道。

“可是，这次在途中，被对门家那个孩子叫住了。”

“彩花？”

比奈子双眉紧锁地问道。慎司也想起当时情形，愁光满面。

“她跑来问比赛的事情，我说跟你没关系，她就说些故意找碴儿的话，说什么我给她添了麻烦，叫我道歉。”

“你对她做了什么吗？”

“什么都没有。按她的说法，是我们住在她家对门，很碍眼。我说，那你搬家不就得了。之后，我就不理她，自己去了海边。在那里发了一阵呆后，头总算不疼了。不过还是有点儿心烦气躁。”

“我能理解。”

比奈子点点头。

“回到家后，晚餐只有我跟母亲两人，所以我赶快吃完，坐到书桌前。打开习题集，感觉脑袋又开始有些疼，但又不能就此作罢睡觉去。只好强打精神。不一会儿，对门开始了那一贯的‘战争’。”

“一贯的战争是什么？”良幸问。

“就是那个彩花。和慎司同样是初中三年级，一个超级暴性子，一周里至少要闹上一次，弄得街坊邻居都听得见。”比奈子回答。

“是我去上大学后，建起的那户人家吧。有那样的孩子吗？”

“嗯，最讨厌了。对吧，慎司？”

“因为她家老是那样，所以我想这次也置之不理，一会儿就会没事。可是，为什么那孩子每叫一声，我的头就感到剧烈的疼痛，忍到了极限。过了一会儿，‘战争’终于停息了。可是，我完全没了学习的劲头，只好放弃。一想到，这样肯定不能参加比赛了，就非常不甘心。把球往墙上砸去，一次又一次地砸。”

“你在房间里扔篮球？”

“嗯，很快妈妈就上楼来，让我住手。可是，我没有听。我当时就不想停下来。我没理她，渐渐地心情觉得舒畅起来。我往书架上投篮，妈妈从一旁伸手过来把球拿住。”

“嗯，妈妈会这样做的。”

“我生气了，叫她还给我，她不还，我就拿起书，笔盒，各种各样东西一阵乱砸。结果，妈妈就开始大喊，‘住手’‘原谅妈妈’。我想她活该的。我也开始跟着一起大叫，感觉舒服极了。”

慎司从小就一直在想，为什么哥哥和姐姐明明知道会被父母骂，还是会调皮呢。用手抓饭吃，用肥皂把浴缸弄得全是泡泡，这些看上去都挺有趣，但慎司并不想因此被父母骂，所以从不做。

哥哥被父亲骂时，在一旁的姐姐紧锁双眉，看到这副模样，慎司感觉自己也像被责骂了似的，感觉身子都萎缩了一截。可是，当晚扔球让身体感觉轻松起来，出声大吼，也缓解了脑袋的疼痛。

“我当时在家就好了。”

比奈子呢喃细语。“这样的话，肯定在你大吵大闹之前，就阻止你……你一直都很努力地在打球，我非常理解你想参加最后一场比赛的心情。我也承认你在学习上很努力。我一直很羡慕你总是被妈妈宠着，当你是心肝宝贝。也许因此你也感到了不少压力。脑袋也会痛。这时，再加上遇到彩花，说些让人莫名其妙的话，肯定会很生气。”

虽然表示着对慎司的同情，但比奈子的语气却越来越重。

“所以，你就有理由跟彩花做同样的事吗？她完全当你是笨蛋。你真是丢死人了。”

吵什么吵。真丢人！

“爸爸也说着同样的话，走进屋来。”

“爸爸，那时候已经回家了吗？”

“我本来没发现，突然一下，门就开了。”

父亲的声音不大，但是威严十足。一瞬间，慎司就愣住了。母亲的脸也僵硬了。

“爸爸还说了什么吗？”

“‘收拾好’他只说了这一句。我急忙把扔掉的书捡起来，他就默不做声地下楼去了。”

“那妈妈呢？”

“跟爸爸一块儿下楼去了。”

母亲只是阻止了发狂的慎司，可是，却像自己被父亲责骂了一般表情僵硬，跟在父亲身后，一言不发地出了房间。

“这不正是在楼下发生争论的起因吗？”

良幸说。没有像要责怪慎司的样子。这是慎司最害怕的事。

“不知道。”

“没有听到两人的对话吗？”

“好像是说了什么，但听不清内容。如果是大声说的话，也许能听见，可是用平常的声音，就听不见。”

“也是呀。楼上楼下，隔一层确实听不见。如果把窗户打开来，外面的声音还听得比较清楚。”

比奈子想起在外面听到一楼电视机的声音，但上了二楼就听不到了，于是补充说道。

“可是，即便他们声音不大，也有可能发生了争执……所以还是我的错。”

还没等人责备，慎司就自己开了口。由于自己一时冲动，又扔球又大叫，让母亲把父亲逼上了绝路。

“跟丈夫发生了争执，妈妈跟警察也是这么说的。”

比奈子吞吞吐吐地说道。

“他们俩出房间之后，你干什么了？”

良幸换了个问题。

“我收拾完房间，本想去洗个澡。嗓子也有点儿渴，想下楼去，但是又怕被父亲骂，只好一直待在房间里。虽然集中不了注意力，但我还是把习题集翻开，开始学习，没一会儿，母亲又来了。”

“为什么？她当时是副什么模样？”

比奈子急忙问道。

“一副非常内疚的表情。来跟我道歉。”

“跟你道歉？为什么？”

“她说，你可以去参加比赛，学习就放一边去吧，出去散步换个心情怎么样？”

“母亲叫你去散步？”

良幸确认似的问道。

“时间这么晚了，说实话，我根本没那心情。不过，她都说了，可以让我参加比赛，所以我也不好意思拒绝，就出了门。”

“为什么没带钱包和手机呢？”

“只是出去一会儿，我想没必要带手机，钱包嘛……”

慎司迟疑半晌，闭了嘴。该不该说呢？可是，已经说到这步了，也不能再默不做声。

“母亲说，口渴了吧，去便利店买点儿果汁什么的喝。说着就拿了一千元给我。”

“可是，你不是向对门的阿姨借钱了吗。”

比奈子插嘴说道。

“母亲把钱折了四下，应该是放进了我裤子的口袋里。”

慎司穿着的五分裤跟出门时一样，大腿旁两侧有两个大口袋。左边的口袋里，应该装有母亲放入的千元纸币。

“结果没放进去吗？”

良幸问道。慎司无力地点点头。

当晚，慎司没有走下山坡去海边的力气，便进便利店打发时间。他正呼啦呼啦地翻着杂志，一个熟悉的面孔出现在店里。原来是对门的阿姨。看见慎司后，她故作热情地过来搭话，说：“明年就中考了，你们要互相加油哟。”我当时想，别把我跟你们家那彩花相提并论。

好不容易出来换心情，结果全报废了，于是打算离开。拿起放在脚边的篮子，去收银台结账，可手伸进口袋，却怎么也找不到那一千元。口袋内没破。把口袋翻过来，也还是没有。

我本想把商品还回去，可是，把饮料从冰箱里拿出来都那么久了，如果还回去的话，又感觉不合常理。这时，正好跟那个一直盯着我瞧的对门阿姨，四目相对。我不想被她认为不懂常理。于是向她借了钱。

“妈妈，故意没放钱进去吧。”

比奈子嘀咕道。

“啊。”

“你离开家时，父亲是怎么个状态？”

良幸问。

“应该在一楼吧，可是没看见……”

家里的楼梯直接与玄关相连。母亲一直走到玄关，嘱咐一声“路上小心”，把我送了出去。也不知道父亲当时在干什么。当时没遇到他，反而觉得松了口气。

“母亲到你房间来时，她的样子奇怪吗？”

“这我没留意。”

“哥哥是认为，妈妈让慎司去散步时，爸爸就已经死了吗？”

“怎么会……”

比奈子的话让慎司深受打击。母亲为了让事件看起来，像发生在我不在场时，所以才叫我出去散步。说去便利店买果汁，假装给我钱，实际却没给，这是为了能让我给店员留下印象——为什么在哥哥姐姐提醒之前，我没注意到呢？

从便利店回来，家门前就已经停着救护车，父亲被抬了出来。因为害怕，所以就逃走了。在网吧知道了发生的事情。这一切都是自己闹出来的。害怕被发现源头来自自己，所以连家也不敢回。还以为，好在事发当时自己不在家，但其实——

“慎司，对不起。我怀疑你了。我以为母亲为了包庇你，所以才撒谎是自己干的。”

良幸低下头。

“我也这么以为的。因为你不见了嘛。对不起。”

比奈子也低下头。

“别这样。”

这一句话，已经让慎司羞愧难当。自己不配接受道歉。被责骂，反而能感觉轻松点儿。慎司不敢跟两人对视，暗自低下头去。

“不过，弄不懂的还是动机。即便发生了争执，为何至于到要动手这地步？慎司，你再好好想想。真的什么都没听到吗？如果说，父亲因为你乱发脾气这件事，责备母亲的话，也许会言辞激烈。不过，这个是用得着拿东西打人的事情吗？话说回来，母亲用什么打的？”

“哥哥的奖杯。警察拿给我和晶子姨妈看过。”

比奈子呢喃一声。

“我觉得她应该不是特意的。房间里摆满了爸爸以前的奖杯，还有我和慎司在田径比赛中得的奖杯。哥哥的奖杯最大。”

慎司也是头一回听说。这下总算明白为什么哥哥会让大家把自己各自知道的事情说出来。无论警察如何调查，不管媒体如何大肆宣扬，有些事情还是只有一家人之间才知道。如果不知道，只靠外面的情报来考虑今后的事，根本不可能找到解决的方案。

再回忆一遍当晚的事情。谈话，表情，氛围——

“……啊！”慎司抬起头。

“我出门后，心想刚才的吵闹声有可能外面也听到了，于是观察了一下四周。这时，看到了对门家叔叔正在他家车棚里。”

“他刚下班回来吗？”

“等一下，隔壁家只有一辆机动车。我经常看到阿姨傍晚开着车，所以叔叔应该不是用那辆车在通勤。为什么会在车棚里呢？”

“可能是回家后又想外出了吧，或者，一直在那里修车，也说不定。”

“可能从外面听到了什么。”

听完良幸和比奈子的这番对话，慎司也醒悟过来。说不定对门叔叔听见了父亲和母亲的对话。

“回家去。”

良幸拿起埋单的单据，站起身来。比奈子也紧随其后。慎司也跟在两人后面，站了起来。

新的一天来临，凌晨零点三十分。延伸到“云雀之丘”的橘黄色光带，还散发着微弱的光芒。

【七月五日（周五）晚上十点二十分——七月六日（周六）零点三十分】

【小岛里子3】

小松，我是妈妈。太好了，你肯接电话。真不好意思，没来得及考虑你那边现在几点了。又出大事了哟。这次是隔壁。那家经常都这样，可能是妈妈多疑，但这次感觉跟以往不同。

所以，妈妈，决定拿出勇气来。对，我去阻止。因为我不想让杀人事件之类的事情再次在“云雀之丘”发生。

啊，真吓人。但我不能放任不管。他家当家的，刚才逃走了，也没别的办法了。对，刚才跟我一块儿在外面听到了吵闹声。我叫他去阻止。可是，他居然急匆匆地不知跑到哪里去了。你相信吗？一家之主居然在一家出大事时逃走。真是的，都不知该怎么说好。

爸爸？现在在上班。保护这个家是我的责任。现在只有妈妈了哟。有关系哟。这可是为了小松你。为了让你能安心回到“云雀之丘”，妈妈会加油的。所以，给我勇气哟。

报警？我才不想让警察又来，让这里又闹得沸沸扬扬的。

好，妈妈，现在就去。

都是为了你哟，明白吗？

Part 7 云雀之丘

晚上八点二十分——

彩花双手端起观叶植物，两眼怒视真弓，随即用力往地上一摔。素烧[1]盆被摔得粉碎，混杂着小石子的泥土散落了一地。真弓呆呆地望着与泥土融为一色的地板。

——地板选什么颜色好呢？深棕色感觉沉稳，还耐脏。不过，如果出现刮痕或者灰尘就显眼了，免得彩花得随时小心翼翼的，还是选棕色吧。

——不要哟。妈妈真是的。我又不是骑着玩具小车的小孩

[1] 指陶瓷制作的一道工序。

了，我怎么可能在地板弄出刮痕呢。我也喜欢深棕色的。

——好，那就选这个吧。

那时候最快乐。不用提心吊胆，时时刻刻观察着彩花的脸色，敢从正面看她的眼睛。不知从何时开始，每天结束时会这样感慨：彩花不发脾气的一天就是幸运的一天，彩花发脾气的一天就是不幸的一天。为了不惹她发火，随时绷紧神经注意着，可是离上次闹完后还没过三天，就这番闹腾。到底这样的日子还要持续多久，多久啊。

真弓已想不出抚慰的话语，只顾连声叹气。

“别把我当傻瓜，如果有意见你就说。”

仿佛是朝真弓逼近，彩花穿着凉鞋的脚往前迈一步，小石子被踩得吱吱作响。再往前一步，吱吱吱。真弓双臂冒起鸡皮疙瘩，像小石头往自己的肌肤里陷进去了一般。

“……住手。我们不是约定过吗？”

“哈？约定什么？”

“约定不会在地板上弄出刮痕。”

彩花看一眼脚下，又立即抬起头。

“我才不管呢！这种事。房子，房子，房子，你脑袋里不管什么时候，都只有这东西。你是不是傻子？”

彩花又拿起别的花盆，这次转身面向窗户。

“住手……”

仿佛完全没听到真弓的声音，彩花举起双手，将花盆扔了出去。薄布窗帘后传来玻璃破碎的声响。真弓脑袋一片空白，感觉身体像被一层透明薄膜一点一点地包裹起来。

花盆掉在了室内，跟桌子边缘一样，窗边的地板上也散落了一地的素烧残骸，还有混杂着小石头的泥土。白色的壁纸上也沾上了飞溅的泥土。这种事是谁干的。谁把我的宝贝东西弄坏了。一转身，只见一只怪兽站立着，仿佛在威吓般地怒视自己。可是，根本不觉恐怖。

“我不会原谅你。”

真弓朝怪兽叫喊道。怪兽一副蔑视的表情骂了几句，可是根本进不了真弓的耳朵。见怪兽毫无反省之意，更让人怒气大增。

“我不会原谅你！”

真弓再次大喊一声后，朝怪兽扑了过去，从正面将怪兽抓住。怪兽侧身凝视，然后又立即调整姿势，边大叫边扑腾着颤动四肢。怪兽伸出爪子抓真弓的脸。可是，无论身高还是体重，真弓都远超过了怪兽。真弓使出浑身力气，将怪兽按倒在地，顺势坐到怪兽身上。

“不可原谅，不可原谅，不可原谅！”

真弓按压住怪兽的双肩，大声叫道。没有做过一件坏事，也没有奢侈挥霍，只想有个自己的房子，建一个安稳的家。只希望如此而已，可为何要受这般待遇，到底要忍耐到什么时候。够了，让我解放吧。

“你这种东西，没了最好！”

米饭和炸串全部打翻了一地。真弓抓起来，一手硬按进怪兽的嘴里。怪兽的眼神变得有些胆怯，快喘不过气来，边流着眼泪边将米饭往外吐。看到这些掉落在地板上，真弓的火气更盛了，这次干脆抓起地上的泥土块，往怪兽嘴里塞，且双手并用封住怪兽的口。

怪兽发出“嗯嗯嗯”的呻吟声。包裹着真弓的透明塑料膜牢牢地固定住了这个姿势。

小岛里子不停地按门铃。

玻璃破碎的声音响起，听见真弓的尖叫声，启介逃跑，为了坚定意志给儿子打电话，这段时间到底过了多久，里子也不确定。走到远藤家玄关门口，里子深呼吸一口气后，按下门铃，但无人应答。接着，她又连续按了十次以上，但仍毫无回应。

可是，能听见真弓像猛兽般的号叫声。

里子转到远藤家的院子。与栽种着供四季观赏的花木的小岛家庭院比起来，真弓家的庭院与其说是庭院，不如说是晾衣服用的空地。地上铺着大颗的沙砾，走起路来，吱吱作响。若是小偷，可能当这东西碍事，但此时却越加坚定了里子的决心。

里子朝里面走去，只见照着灯的房间的玻璃窗已经破了。隐约传来类似呻吟的声音。可是由于拉着窗帘，看不见里面。虽然不知是真弓还是彩花发出的，但这绝不寻常。

“远藤太太，远藤太太。”

里子在窗外战战兢兢地试着喊了几声，但无人回应。于是她拿起一根晾衣竿，从破碎的窗口伸进去，撩开窗帘，能看到里面小小的一角。真弓正背对着窗户，坐在彩花身上，看上去——掐着彩花的脖子。呻吟声是彩花发出来的。

“远藤太太。”

里子大声疾呼。可真弓纹丝不动。

“远藤太太，别干这种傻事！远藤太太！”

无论怎么叫真弓都没有反应。渐渐地彩花的呻吟声变得断断续续。怎么办？从窗户的位置，以及现在的状态看来，要从窗户钻进去是不可能的。应该找谁来帮忙吗？那干脆打110报警吧。

里子拉开挂在肩上的挎包拉链。

——啊，有这东西。

三年前，儿子回家时，说“以防万一”买给里子的礼物。里子高兴得爱不释手，为了能一直带在身边，在手工教室制作了一个挎包，把它放在里面。

防盗蜂鸣器。还一次都没用过，以为肯定用不上，一直把它当做护身符般带在身边。不过，现在这种紧急情况，该用这个了。

——小松，妈妈开干了哟。

里子从小肩包里取出蜂鸣器，手指伸进金属环里，用力一拉。

嘟嘟嘟……几乎要刺破耳膜的尖锐声音响起。如果不塞住双耳，根本无法忍受。里子一手塞着耳朵，一手从玻璃破碎的一角，把警报器扔了进去。

嘟嘟嘟……后背忽然响起刺耳的声音，真弓身体一震，那透明的薄膜迅速融解开来。这声音，是什么？

真弓缓慢站起身来，往窗边走去。破碎了的花盆一旁，掉落着一个类似红色塑料箱的东西。虽然只有火柴盒左右大小，却有着跟警铃不相上下的音量。真弓捡起来，双手合十，用力按压，声音这才减了几分锐利。

“远藤太太。”

突然，有人在窗外呼喊自己的名字。真弓抬起头，“啊”的一声，不禁往后退了几步。窗帘被歪歪扭扭地撩起，一个脑袋从下面探了出来。

“是我，小岛。”

真弓小心翼翼地拉开窗帘，只见伸出晾衣竿的破玻璃对面，里子正踮着脚，伸长脖子，站立着。原来是她干的好事。

“远藤太太，能让我进去吗？我得去把蜂鸣器关掉，否则会打扰到邻居们的。”

“可是，现在家里很乱……”

“你在说什么哟。必须赶紧救救那孩子。”

“那孩子？”

真弓跟随里子的视线，扭头一看。彩花倒在地板上，像虾一样蜷曲着身体，一边不停咳嗽，一边从口中吐出茶色黏状物质。不好了。

“彩花，没事吧？”

真弓想为她拍打后背，刚向前迈出一步，彩花立即用双手遮住脸。从指间露出的双眼带着胆怯的神情望着真弓。看上去仿佛正用全身抵触着真弓的靠近。紧握着蜂鸣器的手掌里，除去塑料外还有另一种触感——土的触感。将粘着植物根的土块塞进彩花嘴里，用双手在上面按压时残留下的……

“太好了，还活着。”

真弓身后传来里子的呢喃一语。

还活着——别用这么奇怪的方式说话。

真弓故作镇静，转向里子。

“真不好意思，已经没事了，您请回吧。”

“什么叫没事了哟。我如果没来阻止的话，现在不知道出什么事了。你还说这种话，你知道自己在做什么吗？”

里子一副试着想从窗户往里跳的架势。但是，不可能进得来。

“这是我们家的事，跟别人没关系。”

“不。这事已经与我相关了。我卷进来了。我是替你家那逃跑了的丈夫来的。”

“逃跑了？”

“总之，现在，首先最重要的是把那个吵闹的声音关掉吧？”

里子高举戴在手指上的环扣针。真弓无计可施。

“好，那暂且先到玄关来。”

真弓说完，里子哼了一声，随即朝玄关的方向走去，边用力踩着沙砾，边在嘴里嘟囔。

没理由给凑进屋来管闲事的老太婆教训。也许是闹了点儿，但像上次那样按门铃不就得了，可偏偏要拉响蜂鸣器，给左邻右舍看笑话。

彩花也肯定心中不悦。

真弓转过头，已不见彩花的身影。去洗漱间了吗，或者是，在真弓过来前躲到自己房间去了。不过，此时关键的是里子。在玄关前把蜂鸣器交给她，就让她回去。

里子进到了客厅里。“谢谢，没事吧？”只见里子朝着门外说。是彩花打开了玄关的门？

“这样子看上去简直像进过强盗呀。”

里子张望一眼并不太宽敞的客厅，毫无顾忌地说道。真弓感到羞愧难当，低下了头。一只手伸了过来。

“把蜂鸣器还给我。”

真弓把蜂鸣器交还到里子手中。嘟嘟嘟的响声又让真弓有些惊慌，里子插入针后，声音便戛然而止。

“这是我儿子送给我的。他说为了以防万一。不过，我觉得如果真遇到了袭击，发出点儿声音又有什么用，所以对它的效果一直半信半疑。我问儿子，他说如果嘴巴被捂上了，就没法喊救命，这东西能代替出声。虽然他这么说，不过我今天才知道它的真正效果。你知道是什么效果吗？”

“不……”

“如果被袭击了，即便是按下这东西，也不可能有人前来相救。你看，刚才出了那么大声音，可除我之外，谁都没来吧？而且，才刚发生杀人事件没三天。蜂鸣器的效果是能吓着犯人，从而阻止他的行为。”

犯人。真弓感觉自己被当成了犯人。

“如果给您添了麻烦，您按门铃不就好了吗？”

“按过哟。按了好多好多次。按到都可以打扰到这附近的人们了。”

真弓完全没听见。

“你从刚才开始就一副像我多管了闲事的样子，那我是不是应该直接打电话报警比较好呢？如果是这样，那我现在帮你报吧。”

“哪有这回事，真抱歉。请到这里来坐。”

真弓让里子在未被沾染上污垢的沙发上就座。不过，里子看一眼地板，又无可奈何地抬头看着真弓的脸。

“……您还有什么不满吗？”真弓问。

“你这种问法，我就不满。你还真没把你女儿当回事呀。如果你对你女儿关心得不得了，但是因为我来了，才没时间去看她，那我改日再来。不过，这样做我又有点儿担心。”

有什么可担心的。多少个日日夜夜，我一个人承受过来了，直到今天才算爆发出来，向彩花扑了过去。但并没有打她，也没有掐她脖子，只是塞住了她那烦人的嘴。也许把土塞进她嘴里是有些过分，但需要这般大惊小怪吗？彩花也许看上去的确有些痛苦，不过她不是立即站起来走开了吗？给你打开玄关门的不就是彩花吗？

“那个，我跟我女儿，真的都没事。”

“是吧。如果我从你女儿嘴里也听到同样的话，我就回去。你先去把那身脏衣服换了，如何。”

里子说完，一屁股坐到沙发上，拿起桌上的遥控器，开始旁若无人地调起频道。到底要死皮赖脸到什么程度——真弓感到吃惊，同时也发现自己原来没注意到电视机一直开着。虽然心中压抑难解，但俊介的歌曲传来，心情也稍感平复。

那孩子现在怎么样了。

比起彩花，真弓更惦记着慎司的事情。

里子手机的待机画面是高木俊介。

里子将电视机的频道调到俊介出演的十点歌曲节目。这个节目里子从来都是录下来看，像这样直接看还是头一次。这种重要的时间里，自己到底在做什么哟，里子想。

旁边的空地上开始建房之初，里子就心中不悦。不动产商最初来过小岛家，问小岛愿不愿意买下这块不怎么大的土地。里子原本就坚决反对住宅开发，因此想让她买开发后剩余的土地，自然在话题之外。

听说那块土地被卖掉时，里子以为是某家买来作停车场用。哪知没过多久就开始建造起房屋。料想即使面积小，肯定也会花上时间精搭细建，可刚见铁架子搭起不久，就三五下贴上了墙壁，一天工夫一个类似房子的东西就建造完毕了。这时，里子心中涌起的想法是——这种房子不该建在“云雀之丘”。

直到房子建成时，里子一直都心中不悦。建成后不久，房子的主人搬来了。本来期望来者是能让自己把这层不悦化解掉的人，可是结果让人大失所望，而且还定期发生些事情，让不悦之情向厌恶升级。

彩花的脾气。

第一次听到彩花闹脾气时，里子虽然大吃了一惊，但决定装作什么都没听见。心想，既然闹成这样子了，明天一定会前来道歉吧，为了展示一直以来住在这里的人们的理解，还特意准备了茶水和糕点恭候。可是，等了整整一天也不见有人来造访。

第二天早晨，迎合着彩花上学的时间点，里子走出家门扫地，可是彩花只是面无表情地从身边经过。岂止不招呼人，就连瞧都不往这边瞧上一眼。这孩子受的什么教育哟，里子又惊讶又愤怒。随后出来的启介以及真弓，与里子对视时，都一脸尴尬，似笑非笑点头哈腰，步履匆匆地离去。

若早知如此，当初就该把那块地买下来。可是，等住宅建造工程竣工后，这样的家庭会大量搬来。“云雀之丘”将不再是“云雀之丘”。让里子唯一感到快乐的，是“云雀之丘”手艺教室，这是由在“云雀之丘”居住三十年以上的人们组成的妇女协会开办的。

有一天，里子在电视上发现了跟自己儿子十几岁时模样相似的男孩。

高木俊介。不管是唱歌，还是演戏，或是参加谈话节目，都还显得很怯场，让人为他捏把冷汗。这反倒勾起了里子的怜爱之心，里子开始热心地支持他。后来，俊介也好像是为了对得起这番支持，进步神速。

在支持俊介的同时，里子渐渐开始关注高桥家的二男，慎司。不可思议的是，慎司虽然跟自己儿子完全无相似之处，但这中间夹上高木俊介后，就如同人物渐近了一般，共同点越渐分明，慎司的形象与儿子的形象就发生了重叠。

因为交了物业管理税，门前的道路原本不需自己清扫，但每日清晨，为能见到慎司，里子都会按时外出扫除。一天的开始能见到慎司让里子兴奋不已。长大的慎司跟孩童时代比起来，看上去一日不如一日精神，也许因为处在准备应试阶段才比较疲惫吧，里子没多想。

如果慎司也像俊介一样成为偶像明星的话，应该就不会发生这种事了吧。他父亲弘幸也这样建议过。母亲淳子的心情完全让人没法理解。刚搬来时，觉得她既漂亮又恬静，给人感觉不错。可这几年来，大概五年吧，时常会觉得生厌。不知道为何，还以为是自己的错觉，发生这件事后才意识到了她的真面目。

跟远藤家建房时感觉一样的不悦。淳子也是不该在“云雀之丘”的人。虽然有些在意下落不明的慎司，但保卫“云雀之丘”的心情远远占据上风，于是里子采取了行动。

话说回来，难道这远藤一家人没听说过“前车之覆，后车之鉴”这句话吗？对门家发生了杀人事件，一般人应该会以此为鉴，重新检讨自己的生活吧。或是坚决不让类似的事情发生在自己家里，或是重新审视父母和孩子之间的关系，冷静反思自己的言行，考虑如何才能避免发生同样的悲剧，或者是一家人坐在一起交谈。连我自己都跟一段时间未联络的儿子夫妇俩打去了电话。可是，远藤家竟然……

三日不到，竟这副模样。这个世界上，坡下面难道全住着这种人吗？所以才频繁地发生类似这样的事。这个家以后变成怎样与我无关。

只是，我必须阻止在“云雀之丘”再次发生杀人事件。

晚上九点二十分——

彩花一遍又一遍地漱口。可是，喉咙深处依然感觉粘着粗糙的东西。趴在洗漱台边，用淋浴头冲洗黏糊糊的脖子，可压迫感无论如何都挥散不去。想拧紧洗面奶的盖子，可怎么也拧不紧。手脚都在颤抖。动作一停，牙齿就上下打战，为了消除这颤动发出的响声，彩花用力拧开水龙头。

——真可怕。

并非从未挨过母亲骂。小时候，一些普通人做的事情也被母亲责骂。把关门声弄大了，将餐具乱扔，这些时候母亲都会让重新做。若不听，还会被打手心。模仿电视搞笑节目中的台词，随意地说些脏话，也会被母亲严厉责罚。

好孩子并非从未犯过一点儿错误就长成的。相反，以往的彩花还比较听话。只是，不知何时开始，真弓不再责骂彩花。

不知何时开始，悲哀怜悯，欲哭无泪般的表情取代了责骂。那态度就像已经放弃了一切，觉得这孩子已不可救药，这样的态度让彩花焦躁的心情一发不可收拾。

有意见你就说出来。不舒服的话发火便是。装着一副自以为是的受害者面孔，卖弄炫耀般地连声叹气。

比起这些，挨骂被打要轻松多了。想打你就打，相干什么你就放马过来。彩花不止一次在心中如此呼喊。

可是，刚才那算什么。

小时候，如果调皮捣蛋，只要母亲发怒一叫“彩花”，就感觉身体都快缩小一般。小心翼翼地抬起头，会看见母亲严厉的目光直直地盯着自己。有时能立即道歉说“对不起”，但说不出口的情况较多。即便自己都认为自己错了，也时常不知如何表达为好，而且在说出口前，眼泪就仿佛快要夺眶而出，为了能忍住，声音也发不出来。

彩花一副不安的表情盯着母亲的脸，不一会儿母亲就会眉开眼笑。母亲理解了彩花那没能说出口的内疚心情，于是温柔地安慰道“下次要注意了哟”。

可是，今天的母亲……彩花完全没想到她会扑上来。母亲的力量远比想象的要大，自己轻易就被按倒在地。母亲压在彩花身上，面目狰狞地怒视着彩花。彩花用可怜的眼神回望母亲，母亲的表情都丝毫未变。那张脸不管过多久，不管彩花如何反省，都没展露笑颜。与愤怒的表情大相径庭。

看上去像——我要杀了你。

——你这种东西，没了该多好!

母亲这样坚定地说。

随即嘴里被她塞进掉落在地板上的食物，一吐出来，她便抓起一旁的泥土按了进来。为了以防我吐出来，她用力捂压住我的口，泥土顺势往喉咙里流了去。胃中感觉有东西逆流而上，在嗓子处与泥土混合，吐不出来，便径直流向气管，呼吸开始困难。视线变成橘黄色，眼看意识马上就要消失。

即便如此，母亲仍纹丝不动，紧紧地捂住我的嘴。

如果“亮片婆”不来，我肯定已经死了。

那个人，已经不是母亲。不，已经不是人。一定是脑子的哪根筋坏掉了。最好的证据就是，当我还在呕吐不止时，她居然像什么都没发生过一般，边叫着我的名字，边靠过来。仿佛将我害成这样的不是她，而另有其人。

在父亲回家之前，要让“亮片婆”一直待在家里。虽然即便跟父亲说了这事，他能不能帮上忙是个很大的未知数，但总比跟那人单独待在一起强。

可是，事情为什么会变成这样子?

的确，闹脾气的是我，可是跟往常有什么区别呢?难道是因为对门发生了杀人事件，她受到了打击，变得神志不清，一直在意着借给了慎司一万元的事情？肯定是这个原因。

都怪慎司，都怪“云雀之丘”。

——你这种东西，没了最好！

分明她还惦记着慎司的事。

突然，空空如洗的胃犹如被翻搅了一般，黄色液体从口中滴落下来，顺着水管流淌出的水，消失在排水口。可是，喉咙里仍然感觉残留着泥土。

晚上九点三十分——

建筑公司的休息室里，远藤启介打开从便利店买来的便当。“被老婆赶出来了？”提交使用休息室的申请条时，被在办公室制作项目计划书的主任如此逗趣道。“唉，差不多。”启介边搔着头边接过钥匙，心想，若真这样，那该有多轻松。不禁长叹口气。

自己逃跑了。

彩花的脾气不是最近才开始暴躁的。真弓大叫“住手”的悲鸣声也非新鲜事。最近几年来，在自我安慰中度日，一直怀抱着一丝希望容忍着，相信时间会解决掉所有的问题。应该忽然有一天就能从所有的一切中解放出来。

微小的期待也抱有过——这次对门家发生的事，多少能让我们家有些改变吧。

彩花闹脾气的原因……应试的失败，自卑。在比自家大三倍的土地上建造的豪华房屋，那家的孩子天生丽质，而且对人彬彬有礼。与自己同龄的男孩在著名的私立学校上学，比自己大两岁的女孩在自己应试失败的学校读书，每日穿着漂亮的制服经过自己门前。在这样的环境之下，怎么可能毫无忧愁地过轻松快乐的日子。能容忍与自己在一起的人个个都比自己优秀的，毕竟是少数人。

可是，就在对门家那样看似幸福得无以复加的家里，却发生了杀人事件。加害者虽是母亲，但孩子们恐怕也难恢复到和从前一样的生活中去。这的确是不得不让人同情的事。但与此同时，也希望彩花能以此为契机，在价值观上有所改变。比起金钱，比起外貌，比起学历，普普通通平平安安地生活，才是最大的幸福——她如果能意识到这一点的话，脾气也应该会有所收敛吧。

这样一来，我跟真弓也就都能心平气和地过日子。……出事后，启介一直这样期待着。

启介扔掉便当残骸，撬开从便利店买来的发酵酒瓶盖。

我的想法是多么幼稚。看到别人的不幸才能意识到的幸福——这真的能叫做幸福吗？……不能叫做幸福。至少期盼过这样的幸福。

做梦也没想到，未过三天，旧事重演。

家庭内杀人事件，这种大部分人一生都不会碰上的事，就发生在了自己的对门家，即便这样，都依旧完全不受任何影响的人，将来还有什么事情可能成为她改变的契机。任凭时光流逝，彩花不管多少岁，都不可能改变了，永远都是那副模样。

够了，已经够了。

意识到这点后，启介已背朝家门跑了起来。虽然逃了出来，但并无别的去处，又没别的女人，而且自己老家也很远，启介只好回到几小时前离开的公司。睡上一晚，第二天还是只能回到那家中。

彩花和真弓会怎么说呢?

小岛里子虽然催促我赶紧上前阻止，可彩花并不是父亲训斥一句就乖乖束手就擒的孩子，要不然也不会一直这样放任不管。如果让里子出面，真弓定会觉得脸面无光。如果再从里子口中，听说丈夫逃跑了的事，她肯定更加大失所望。等一会儿，还是打个电话给她说明一下为好。

话说回来，小岛里子的所作所为还真让人瞠目。有钱人家的阔太太，平日里一副亲切善良的模样，居然干出砸高桥家玻璃的事。还有，那无数的中伤条幅。被人发现后，仍旧毫无悔意，竟明目张胆地称之为“云雀之丘妇女协会”的杰作。不管对方愿不愿听，凭自己一时兴起畅谈一番“云雀之丘”的“发家史”。——“云雀之丘”到底有什么了不起。住在山上和住在海边，不就那么几十公里的距离吗？海边下起雨来，山上也会下雨。山上如果风和日丽，海边也风和日丽。

而且，所谓有传统之地，不正是有了后继者，才能得以传承吗？如果真正想保护“云雀之丘”，不应该去保护那此刻正处在四面八方的好奇目光中的高桥家的孩子们吗？这样煽动能起什么作用？里子如果看到了那些孩子如今的惨状，会作何感想呢。

事发当晚，启介在室外听到了高桥家的谈话。但绝非故意偷听。是因为刚回家就听见叫喊声和砸东西的声音。还以为又是自己家，正想叹气，哪知并非如此。没想到居然是高桥家。那幸福得无以复加的邻家，居然出现了跟我家同样的状况。究竟怎么回事。启介满心好奇。

喧闹在父亲一声呵斥下戛然而止。这个事实让启介只能自愧不如。之后，响声的地点发生了转变，这次传来了夫妻俩的对话。氛围一下变得安静。也许是关着窗户的原因。不一会儿，慎司走出家门，朝坡下走去。到底自己在这里干什么哟，感觉自己的行为有些莫名其妙，于是正准备进家门，玄关的门开了，真弓走了出来，说要去便利店买东西。

而这一切竟然都被里子看在眼里。

不过，应该没有什么可以让她说闲话的。

真弓刚外出不久，救护车和巡逻车就接踵而至。跟彩花一道前去一探究竟，结果看到高桥弘幸从家里被抬了出来。还以为是夫妻俩吵架，没想到竟然是杀人事件。加害者是妻子淳子。据淳子供认，是因为跟丈夫发生了争执，拿起重物袭击了丈夫。这个“争执”从时间上考虑，应该就是自己当时听到的那段对话。想到这时，启介不禁毛骨悚然，背上冷汗直流。

那样的对话能称做争执吗，如果感觉像容易闹出人命来的争执，自己一定会想方设法制止，不会这样只是心不在焉地听。而且，里子应该也会这样做。

可是，不管怎么回想，那对话都只是寻常的夫妻对话。到底何处勾起了杀意。完全寻根不着。

这里面一定只有那家人才知道的内幕。

我们家会怎么样呢。逃了出来，明天回去后，会被彩花与真弓蔑视，然后又恢复到平常的生活中。

这是唯一的选择。

晚上十点二十分——

彩花一直在洗漱间不出来。与彩花独处有些尴尬，真弓快步上二楼房间换了衣服，又回到客厅。离开后回来，只觉恶臭刺鼻。满地都是彩花的呕吐物。另外还有溢出来的酱汤，四处散落的炸串，被摔得粉碎的盘子，东倒西歪的椅子，这副狼藉模样，难怪里子看到后惊讶不已。

真弓用厨房的纸巾将呕吐物聚拢起来。几乎都是泥土。往她口中塞了这么多东西。难怪她会如此痛苦。一定呼吸都很困难吧，如果堵住了气管，说不定有窒息的可能。干出了这种事的……真的是我吗?

真弓看着自己伸开的双手。捏紧了，又伸开，伸开了，又捏紧。

刚才的感觉早已去无踪影。

如果，里子没有按响蜂鸣器……

坐在一旁的里子不时朝这边瞧。仿佛是被她监视着一般。

“那个，我给你泡杯咖啡吧。”

“不用了。”

“那喝茶吗？”

“不，不用客气。”

在臭气熏天的房间里，一边收拾呕吐物，一边问对方要不要喝茶，恐怕也没人愿意喝吧。真佩服里子能这般坐立不动。同样的情况，换作自己，恐怕会尽快想办法逃出去吧。

“那个，都这么晚了，没关系吗？您家丈夫不会担心吗？”

“今天不要紧。他工作上有要事，现在还在外面。没有什么需要您为我担心的。”

里子说完，把眼睛转回电视机。真弓也继续收拾。

跟婆婆一起住的话，就是这种感觉吧。自己跟启介结婚时，启介的父母已经跟他姐姐夫妇俩一块住了，所以完全没有考虑过。不过，从一起打零工的同事那里，倒是听过很多对婆婆的抱怨。

责骂孩子时，婆婆会从一旁插手。稍微骂重了，反倒还被婆婆责骂。因此只要婆婆在场，自己根本不敢训斥孩子。孩子也清楚了这点，于是只要感觉危险，就跑去婆婆处避难。这样一来，根本教育不好孩子。

可是，据电视上说，那些患上育儿抑郁症的母亲虐待孩子的原因，是由于家庭缩小化造成的。母亲跟孩子单独两人憋在家中，在没有任何抑制力的环境下，才发生了这样的悲剧。简单来说，就是母亲发怒后，没人阻止。不但是家人之间，跟所在地周围的联系也越来越稀薄。

我到底在思考些什么。

如果，里子没有来阻止，现在会变成什么样，单是想想都觉得毛骨悚然，所以现在，在用不知从何处耳闻过的，记得朦胧不清的一般理论填充着自己脑袋。

真弓捡起还能用的盘子，将玻璃和花盆的碎片，还有缺损了的茶碗，收集在纸袋里，用杀菌清洁剂擦拭地板。为了换气没关空调，就把碎了玻璃的窗户全打开来。任凭略带暖意的晚风拂面而过，心情舒畅。

感觉自己与外面紧紧相连。

彩花换上睡衣，回到客厅。她将毛巾被像披风一样抱在身上，避开真弓的目光，径直走向沙发，在里子身旁就座。

“我不舒服，可以躺下来吗？”

“嗯，请。”

跟里子讲一声后，彩花把头朝向里子的方向，在沙发上躺下身来。

真弓装作什么都没看见，提着弄脏的东西走出客厅。来到洗漱间，无论是洗漱台还是周围地板，到处都湿漉漉一片。脱下的衣服被随手扔在洗衣篮筐前，但现在真弓也没有精神清洗。强制将她按倒在地，让她知道害怕，可那孩子还是什么都不理解。彩花永远都只有这样子了。用肥皂仔细洗完脸和手，真弓回到客厅。

喝不喝是另一回事，总之先倒上了三杯纸杯咖啡，放在桌上。在里子和彩花对面的沙发上坐下。躺着的彩花伸手去拿杯子。

“彩花，这样容易洒出来。好好坐起身来喝吧。”

“少啰唆，你这个杀人犯！”

本以为自己柔声细语地在说，可彩花立刻缩回手去，咬牙切齿地骂道。杀人犯。

“不许这么说，什么杀人犯。”

“我说错了吗，你刚才不是想掐死我吗？”

“我没那打算……”

“不管你有没有那种打算，总之我刚才差点儿死了！亮……小岛太太如果不来的话，我就真死了。”

“彩花，适可而止。别这么夸张。你这样会吓到小岛太太的。对吧。”真弓朝着里子讨好般地笑一笑，只见里子表情严肃地盯着自己。

“我也觉得，你差点儿将彩花杀……总之看上去是掐着脖子的。所以，我才按响了蜂鸣器。我之所以要一直待在这儿，也是因为担心我走之后，你们又会吵起来。所以，希望你们当着我的面和解。而且，话说回来，你们到底为什么吵架？”

吵架？那个叫吵架吗？她指的是哪个阶段？她在问为什么会扑向彩花吗？

“我已经忍耐到极限了。每天都重复着同样的事情。发脾气时候的彩花已经……已经看起来不像是自己的女儿了。”

看起来像怪兽——这话没能说出口。

“这不该怪你吗？我又不是突然暴虐起来的。全都因你而起。”

“今天发生了什么？”里子问彩花。

“她说是我砸碎了对门二楼的玻璃窗户。”

“我说错了吗，你当时不是拿着石头吗？”

“看吧，她就是这样不相信我说的话。你觉得被自己的父母这样冤枉，能沉得住气吗？”

“看来我还真是来对了。”

里子看看真弓，又望望彩花，最后盯住真弓。

“砸了对门二楼房间玻璃的人是我。”

“小岛太太你？”

不是彩花，也不是游手好闲的外人，是这个……里子？

“看吧，我都说了不是我干的。”

彩花得意扬扬地说。不过，这只是结果，只是正巧里子先下了手。

“不过，彩花想要砸，这是事实。”

“砸跟没砸完全是两码事。”

“但你不是自行住手的，对吧。如果那时不是我正巧回来，会发生什么事？”

“你才是呢，如果小岛太太没有按响蜂鸣器，还不知道现在会怎么样了。你既然这么坚持，那就当是我砸的好了，这也比你这杀人犯来得强。”

不管怀着多么强烈的杀意，杀与不杀之间仍然有巨大的分界线。以前一直这么认为，超越界限，还是及时止步，意志在其中起了巨大的左右作用。还有伦理观，理性，忍耐力。可是，现在才意识到，如果只有这些，或许此刻自己真的已经成为了杀人犯。也就是说，更为关键的是，是否有人前来阻止。并非不犯罪的人就有多了不起。

这次有人前来阻止了我，而高桥淳子那时却没有。只是这么简单的差别。这不得不让人痛感自己的意志是多么难以控制。没信心能担保不会对彩花做同样的事。如果再次陷入同样的状况，没人前来阻止的话，也许真会铸成大错。

“或许不在一起生活会比较好。”

真弓用绝望般的语气说道。

“啊？你这副突然改变态度的样子，是什么意思？”

“我认真考虑过了才说的。彩花你讨厌这个家对吧？你也讨厌‘云雀之丘’吧？这样的话，你跟你爸一起去别的地方生活吧。回以往住过的地方去，高中也考你自己想考的高中便是。你要把至今所有的事都怪在我头上，我也全部承担不下来。今天这种事情肯定会再次发生。所以，在发生之前，我觉得你还是离开比较好。”

“对你来说，果然还是这房子比较重要。也就是说你只要这个房子就够了对吧。你想把我跟老爸赶出去。而且根本从没想过为了我，自己也一块儿离开这房子对吧。”

“不管去哪儿，只要在一起，结果都一样。离开‘云雀之丘’了，彩花就能进第一志愿的高中吗？即便进了，三年后还有高考，还有就业考试。在你的课外活动中也可能会遇到不愉快的事，跟朋友吵架，失恋这些事情也可能会发生，这些所有的事情，在彩花看来，都会是我的责任，都该怪我，对吧？”

“所谓父母，就该承担这些责任。”

“那么，我担当不起你母亲这个角色。”

“喂，小岛太太，你也帮忙说她几句嘛。”

彩花像抓救命稻草一般，要里子也发言。里子看看真弓，轻叹了口气，转向彩花。

“当你的妈妈还真够累的。被自己的孩子用这种口气说话，是人都可能不想当这孩子的家长了。彩花，你有什么了不起的地方，使得你有资格用这种口气对你父母说话？难道你厉害到将来能获得诺贝尔奖吗？不过，我相信那样的人绝对不会对自己父母这样说话的。”

彩花一下站起身来，勾着背，抬头瞪着里子，眼里充满愤怒。被外人说到这地步，实在叫人难为情，真弓只好一言不发地注视两人。想说的话都说出了口，现在一切都无所谓。只想赶紧洗澡，上床睡觉。话说回来，今天这么晚了，启介怎么还没回来。不过，这也无所谓了。

“你说这话什么意思？你的意思是学习不好的人就没说话的权利了吗？”

“搞不懂你为什么要这么理解。”

“看来连你这家伙也把我当成傻瓜。你这种砸对门家玻璃的人，没资格说这种话。”

“稍有不如意，就连我也一块儿骂了对吧。我呀，是作为一名长期生活在‘云雀之丘’的人，秉持着该有的信念才扔的那石头。带头贴那些条幅的也是我。如果叫干了这事的人站出来，我能挺胸抬头地站出来的。而且，我们这些常年住在这里的人，是如何保卫‘云雀之丘’的，我们有多么爱‘云雀之丘’，这次的事情让我们有多么愤怒，这些我都能给你娓娓道来。”

里子挺直腰板，语气坚定。

“……你回去吧。”

彩花呢喃一声，眼神从里子身上移开，将毛巾被盖在头上。

“也是，我是该回去了。你两人可以边说说我的坏话，边和解吧。你家丈夫逃跑了，我能做的已经做了，这样我也能安心回去了。”

丈夫，逃跑了？好像刚才听她说过，现在在脑袋里反复念叨才意识到这非同小可。

“您说的是什么意思？”

“我最开始不是说过了吗，您府上那位早就已经回来了，我刚在外面碰见他，刚说一会儿话，就听到了你们这里打闹。我让他赶紧去阻止，哪知道，唉，您那位居然转身跑了。这下，没办法，只好我代他来了。”

“我丈夫去了哪里？”

“不知道。跑下坡去了。哎呀，真是的，居然大半夜了，这么晚了，我该走了，晚安。”

里子用力一挣，站起身来，出了客厅。只听玄关边传来关门声。真弓跟彩花面面相觑，但都默默不语。不知道该说什么好。虽然都在意启介的事，但此刻谈论，无这精神也无这力气。最先逃走的人或许才是真正的赢家，早知如此，发生杀人事件的当天夜里，干脆自己也就不从便利店回来，直接逃走了该多好。

彩花用毛巾被裹住身子，离开客厅。也许在尽量回避与真弓单独待在一起。真弓将身体深埋进沙发，闭上眼睛。已经什么都不想考虑。正在这时——

“喂，你们在干什么哟！”

敞开的窗户外，传来了小岛里子的声音。

到底又发生了什么事。想置之不理，可已经听到了声音，没法不去一探究竟。虽然没听见蜂鸣器的声音，但如果出了大事就麻烦了。真弓手撑双膝，提起重重的腰身。将玄关的门打开十厘米左右，往外望去，不见人影，但里子叽里呱啦的抱怨声听得格外清楚。

真弓干脆走了出去。

完全没想到，居然——

零点五十分——

深夜里，高桥良幸，比奈子，慎司三人一言不发地走在上坡路上。

良幸边回想网上的留言，边想象家里可能出现的最坏情景，边不断自我安慰道："没关系，必须坚强。"边跨步前进。

比奈子一边走着，一边捏紧口袋里那一直未响的电话。

慎司深知自己已不能再逃避，只是呆呆地看着前面哥哥姐姐的脚步，紧随其后。

进入"云雀之丘"，渐渐地能看到房子。良幸停下脚步，慎司和比奈子也随即停下来。

"怎么了？"比奈子问。

"有人。好像在我们家门前吵闹着。"

"真的。怎么办，难道是来找碴儿的人？"

"我们靠近一点儿，看清楚了再说。"

良幸高大的身躯躲到道路的一旁，慢慢往前挪步。慎司和比奈子跟在哥哥身后，徐缓前行……

"啊！"

比奈子不禁叫出声来，飞快地跑向前去。

晚上十一点——

远藤启介收回触到玄关门把的手。同样的动作不知重复了多少次。既然到了这里，还在犹豫什么——启介看看自己的手心，捏作拳头朝另一只手的手心猛击一拳。原本这么做是为了给自己鼓劲，但这无力的一击发出的声响，反倒还把自己吓了一跳，不禁急忙向四周张望。

此刻不是该突然造访别人家的时间段。即便是数小时之前，才来过的地方。尽管如此，还是不甘心，启介在玄关门前来来回回，是因为这家的一楼和二楼的很多房间都还有灯亮着。这家人应该还没就寝。

说忘记了拿东西前来取吧。这样一来，这个时间点前来造访也不会遭人怀疑。工作资料，自家的钥匙，钱包，手机……之前没联系就突然来，还是说手机比较好吧，说是具有钱包功能的手机。

启介又把手伸向门铃。那是有显示器的门铃。启介调整一下呼吸，终于用食指按下了门铃。没一会儿，传来男性的应答声。还以为一定是大人出来开门。或许因为父亲不在，或许父亲正在洗澡。对这种夜深人静时候前来拜访的人，这孩子也许是作为一家之主出来应答。

“这么晚来打扰真抱歉。我是白天在这里承蒙照顾的S建筑公司的远藤。是这样的，我的手机怎么都找不到，我想会不会是忘在了这里，所以冒昧前来打扰。”

启介对着门铃点头哈腰，结结巴巴地说完后，里面的人应答道“请稍等”便挂断门铃。接着家中传来吧嗒吧嗒跑来跑去的声音。应该是在为我找手机吧，心有些疼。

——我到底在干什么。

五分钟后，门打开来。白天贴换墙纸那间房的主人，铃木弘树正一手拿着手机，穿着拖鞋走了出来。

“今天多谢您帮我更换了墙纸，像感觉全家就我一人搬进了新居一样。……您说的是手机对吧。我找了我的房间和客厅，都没有发现。您告诉我您的号码吧，我边打边寻找看看。”

说完，弘树打开自己的手机。启介只好默不做声。告诉了他手机号，他按下拨号键的瞬间，声音将会从自己的裤子口袋中传出。既然撒谎说找不到，就应事先把手机关掉。说真弓或者是彩花的号码吧。不，不知道彩花的号码。可是，如果说了真弓的，一旦她接起来，这个谎也立即会被弘树识破。

“对不起。”

启介低下头。

“我说忘记了电话是在撒谎。其实我是为对门家的事情而来的。我对门家就是高桥家，现在的情况非常糟糕，接下来我打算悄悄地去帮忙整理。”

“情况非常糟糕是指？”

“家里的玻璃窗户被人砸碎了，到处还被人贴上了中伤条幅。家里今天好像谁也没在，等他们回来，如果看到那样，我想他们一定会很受伤。我本想帮他们把窗户也修一下，但这样的话，可能会被误以为擅闯民宅，所以，我想至少帮他们把那些条幅清理了。不过，如果别人知道是我干的，也许会因此跟周围的人们出现矛盾。因为这些事情就是他们干的，如果我去取掉后他们肯定心里不快。今天白天，我听你们谈起高桥家的事，好像你们跟高桥家的女儿关系不错，所以我在想，我清理干净后能不能说是你们帮忙清理的……我就是为这事想来跟你们商量。”

启介做好了被猜疑的心理准备，一口气讲完来意，想擦拭满脸的大汗，从口里拿出手绢，手机“咚”的一下子掉落在地。

可是，弘树并没有愁眉不展。一副若有所思的样子。

“对不起，您能稍微等一下吗？”

说话，他急忙跑进房间。启介孤零零地站在门外，等着弘树回来。

——我说了些什么？

启介躺在休息室的床上，辗转反侧怎么也睡不着。不只如此，一闭上眼睛，就感觉整个平坦的床仿佛要倾斜过去。感觉像要跌进黑色的深渊里，启介急忙睁开双眼。

在这里过夜真的没问题吗？以为等明天工作结束后，回到家中一切就会没事，可是，真的这样一切就会恢复从前吗？

有一种今夜必须回家才行的感觉。如果到了明天，恐怕家里就已经到了难以修复的状态。一种莫名的不安油然而生。

自己逃跑了，这个事实在今夜能否得以修补。

需要一个回家的理由。不过，在此之前，更需要一个从家里逃出来的理由。因为碰上了里子。不是逃跑，回公司去了，找到这样做的一个理由。启介的脑海里，浮现出高桥家房子的那副惨状。贴满了的中伤条幅，被打碎了的窗户玻璃。面对着明目张胆地宣称自己行为没有错的里子，自己却没能反驳一句。结果被她骂作无能，还逃了出来。

无论在家里，还是在外面，都不敢还嘴。一直深信避免一切无用的争辩，默不做声地生活，就能万事大吉。可是，到底这样的方法解决了什么问题。如今该想的，是让现状哪怕好转一点儿，自己能做些什么。

启介想到的答案，是在天亮前将高桥家的房子恢复到从前的模样。

作出了这样的决定后，本来直接回到“云雀之丘”便是，可不知为何中途来到了这里——

玄关的门打开后，弘树走了出来。

“让您久等了。”弘树头上搭着毛巾，脚上换成了运动鞋。

“帮忙把比奈子小姐的家打扫干净，不单作个现场证明，我也一起去。”

“不，可是，现在时间已经很晚了。我也不是特意为此而来的。”

启介急忙婉拒。

半小时前——在前往“云雀之丘”的坡路上，启介不止一次停下脚步，有干脆返回公司的冲动。将对门家的房子弄干净了又能怎样？今晚回到家后又能有什么变化？多么希望能消除这些不停在内心转动的声音。想跟谁宣告接下来自己想做的事。谁都可以，如果可以的话，希望是能对自己的行为表示稍微理解的人。

这时想起傍晚在铃木家听到的对话。那家姐弟俩跟高桥比奈子认识，现正在担心她。而且那是一个氛围很好的家庭。启介因此来了这里，可万没想到他们会说想一同前往。不，也许自己也或多或少怀了一些期待。

“可是，我想去。拜托您让我去吧。”弘树低下头。

“不过，你父母会担心的。”

“我已经得到了妈妈的许可。她刚洗完澡，现在没法外出。还叫我带上家里的垃圾袋呢。她说如果在意周围的目光，就拿到这边的垃圾站来扔便是。她好像自己也想去，不过父亲马上就要回来了。我顺便还带一个人去。”

说完，弘树打开房门，只见在房屋入口处，站着弘树的姐姐。

“她是比奈子的朋友。”弘树说。

从表情上，虽然能看出来她有些不情愿，但她把迷你裙的带子一系，走了出来，朝启介深鞠一躬说道：“拜托您也带我去吧。”

“好，那我们走。”

带着别人家的两个孩子，启介开始朝“云雀之丘”的方向进发。姐姐一语不发，弘树用鼻子哼着歌谣。这时，已经无法止步。

终于到了“云雀之丘”。自家已恢复了平静。房里还亮着灯，但已经听不见砸东西的声音和叫喊声。跟平时一样，只隐约传来电视机的声响。启介松了口气。

“太过分了，这些是什么！”

弘树愤怒地说。姐姐望着条幅看傻了眼。

“好，那我们开始吧！”

三人单手提着垃圾袋，开始清理条幅。

零点三十分——

真弓瞪大了眼。

高桥家前面，小岛里子正叽里呱啦地抱怨着什么。有三个人，本以为可能是来看热闹的，可其中一人怎么看也觉得像启介。

一手提着大大的垃圾袋，一手将贴在高桥家围栏上的条幅撕扯下来。

而且，还有两人，从来未见过。跟彩花年龄相仿的男孩和女孩。仿佛根本没有听见里子在抱怨一般，默不做声地撕着条幅。

条幅不但被胶带固定，而且下面刷上了糨糊或黏合剂，一张一张撕起来，看上去很费力。

为什么启介在做这样的事。他不是在自家出事时逃跑了吗？逃去帮对门家修复去了？真弓此刻的心情超越了无奈与失望，更像在看滑稽演出。

“远藤先生，你到底打的什么主意？几小时前，我不是告诉过你吗，我可是秉承着作为‘云雀之丘’居民的信念干的。”

里子咬牙切齿地说。

“这个我听你说了。小岛太太，你们这些一直以来就住在‘云雀之丘’的居民，如何看重‘云雀之丘’的心情，我也理解。不过，你不觉得像我这样的做法才是正确的吗？”

启介将里子的话顶了回去。声音虽小，感觉上战战兢兢，但实实在在地在反驳。这样的启介还是第一次见到。

“亏你说得出口，明明你自己家刚出了大事。我告诉你，要不是我替你这个逃跑的胆小鬼前去帮忙，你家那千金也许就没了。”

“怎么可能……”

“如果你认为我说谎的话，你可以自己去确认一下。”

里子朝这边翘翘下巴示意，启介的目光也随即转过来。两人的视线同时捉住站在玄关门前的真弓。真弓想赶紧逃进家里，可腿脚发软，不得动弹。真弓避开里子的视线，看了看启介，他此刻在想什么，完全不得其解。像这样的情况，早已不是第一次。虽然启介的“万事不关己主义”经常让真弓生气，不过无论做什么样的饭菜，晚饭是冷冻食品也好，稍微昂贵点儿的河豚也好，他从不抱怨，这个意义上，倒是觉得轻松。

话说回来，总是默不做声的启介在想些什么，我考虑过吗？

您千金也许就没了——听到里子的这句话，他现在心里在想什么呢？他在鄙视我吗？或是在担心彩花？可是，他现在还没赶过来，这样看来，他好像是觉得里子过于夸张，另一方面还惦记手上干了一半的事情。一定是这样。

真羡慕这种时刻还能沉下心来做事的启介。真弓往前跨一步，走下台阶，穿过狭窄的道路。

“我也来帮忙。”

真弓跟启介说一声后，从放置在围墙前面的垃圾架上撕下一张垃圾袋，呼啦呼啦地吹气打开，伸手去拉写有“云雀之丘的耻辱”的条幅。由于有黏合剂，一下子撕不下来，真弓就用指甲把贴在围墙上的纸一点点儿往下抠，不可思议地感觉整个人也逐渐冷静了下来。

“喂，你也来凑什么热闹哟。”

里子在耳边大声叫嚷，真弓全然不理，继续伸向下一张条幅。写了这么多让人作呕的话，而且用黏合剂粘上后，还贴上胶带固定。性质太恶劣。无论对“云雀之丘”怀着有多么强的感情，这也还是性质太恶劣了。我居然还怀疑是彩花干的。今晚我家的争吵就是由这引起的。

如果没这些东西，今夜应该是一个平静的夜晚。把这些东西弄掉，当做什么都没发生过，今晚的事情也就当做什么都没发生过。如果能把所有的都这样抹去，该多么轻松。

“住手！”

里子一手搭到真弓肩上，可真弓头也不回。此刻在真弓心中只有一个想法——只要让这围墙恢复到从前，今夜的事情也能够一笔勾销。

“你们到底是从哪来的孩子？我怎么从没见过你们。你们有什么权利干这种事？”

里子朝着正在撕条幅的女孩叫嚷道。而这女孩连看都不看她一眼，只凝视着条幅，默不做声地撕。面部表情似乎像压制着内心愤怒，又像强忍着泪水。

她是不是也心怀内疚之情？可是，她到底是从哪来的孩子，为什么跟启介一起干这种事?

“话说回来，现在是你们这些孩子可以外出的时间吗。你们哪个学校的？肯定不是什么了不起的地方吧，明天我打电话过去。”

里子抬头盯着男孩说，手上还紧握着小挎包，难道想把刚才的蜂鸣器取出来吗。那男孩边哼着歌谣，边撕扯着条幅，边饶有兴致地转过身来，对里子说:

“想打就打，请，随便你。阿姨你才是，有什么权利来阻止我们？你好像是说这些都是你贴的对吧，那我是不是可以报警呢？”

“我作为长期居住在‘云雀之丘’的居民，有向这家人抗议的权利。”

里子理直气壮的说话样子，瞬间把男孩给震住了。

“没有！”

这次是女孩的声音。

“谁都没有权利责备比奈子！你倒说说看，她对你做了什么？你自以为是地戴着一副受害者的面具，叫人们都把气往这里出。他们到底哪里妨害到你了？”

“他们害得‘云雀之丘’的名声扫地了哟。弄个什么‘云雀之丘精英医生被杀事件’，‘云雀之丘’在电话留言板上处处受到攻击，说住在这里的人高傲，自鸣得意，瞧不起人，因此遭到了报应……”

“是因为阿姨你们平日里总是那样一副态度。所以，趁着发生事件，‘云雀之丘’整体也被拖到人们的围攻和责骂中，不是吗？别怪在比奈子身上。‘云雀之丘’这块高级住宅地会受到反感，都是你们住在这里的人自作自受。”

“你说什么？”

“如果你想跟学校联系，请自便。S女子学院高中部，班主任名叫大西。她应该至少会给你道十次歉。她是完全考虑不到，如果那样做会更加让别人把比奈子当做坏人看待。我完全没指望过她。不管阿姨你怎么说，直到这里恢复原状之前，我是不会停的。这种东西我一张都不想让比奈子看到。作为比奈子的朋友，我有清除这些的权利。”

“啊！”

捏着装得满满的垃圾袋袋口，在一旁观察两人对话的启介，突然叫出声来。真弓也停下来，朝同一方向看去。

“啊……”

两根电线杆外的阴影处，站着高桥比奈子。她的身后还有良幸和慎司的身影。

凌晨一点——

比奈子冲上山坡。站在家门前的是步美。四周漆黑一片，看不太清楚，但从轮廓看来，是步美没错。弘树也在一旁。他们在做什么。刚才虽然急忙地冲出来，但忽有不祥的预感，急忙停住脚步，躲到电线杆阴影下。

家的围墙上像贴了很多纸。步美正在把那些纸……

步美将手上的纸揉作一团，扔进一旁的垃圾袋里，又伸手去取下一张。不是在贴，而是在撕。弘树也在。而且，为什么对门家的叔叔阿姨也……

有人在朝步美指指点点。是小岛里子。步美不理她，她又开始朝弘树进攻。弘树像说了什么把她顶了回去，里子气更盛了，这次步美开了口，大声嚷道。

——作为比奈子的朋友，我有清理这些的权利。

这不是来自那一开一合、发条都快松掉了的手机，而是直接入耳的声音。朋友，朋友。比奈子的眼泪如溃堤一般夺眶而出，鼻涕也跟着流了出来。用手拭去后，一瞬间感觉到自己正处在视线之中。对门的叔叔，接着是阿姨，弘树，还有，步美也扭过头来。

两人都呆呆地站立着，面面相觑。“快，赶紧去。”弘树从背后推了推步美。步美稍带犹豫地往前挪步。比奈子也走了出来。到伸手就可够到对方肩头的距离时，两人都停住脚步，四目相对，一言不发。刚才对里子的气势消失了，步美低着脑袋，默不做声。比奈子也不知该说什么为好，仔细一看，步美的右手还紧握着揉成一团的条幅。

“谢谢。”

只说了这一句，比奈子的泪水就又夺眶而出。

“谢谢。这么晚了，还赶在我们回家之前，为我们撕掉条幅。真的非常感谢。”

站在身后的良幸道出了比奈子没说出口的话。

“谢谢。”

良幸向对门的两人远藤启介和真弓，也深深地鞠了一躬。比奈子也跟着低下头。不知道为什么，步美和弘树会跟他们夫妻俩在一起。是因为同样的目的，凑巧遇上了吗？

“谢谢。”

紧接着比奈子之后，步美也向启介低下头。这更让人费解了。

“远藤先生特意来我们家邀请的。”

步美告诉了比奈子事情的来龙去脉。白天启介为了给弘树的房间换壁纸，造访了铃木家。

“他说想去帮忙把对门家恢复原状，特意来到了我们家。是因为傍晚听到了我跟弘树谈论了比奈子的事情……是这样吧？”

步美朝启介转过身去。

“嗯，啊，是吧。”

启介吞吞吐吐地说道，又搔了搔脑袋。步美转向比奈子。

“对不起，比奈子。发生这么大的事，我居然连短信都没能给你发。我不知道该发些什么好。班上的同学都七嘴八舌地说你坏话，留言板上还写了更过分的话。比奈子的书桌和更衣柜上都被人乱涂乱画，可是班主任却视而不见……”

“别说这些没用的。”

弘树中间插了嘴，但步美继续说道：

“我害怕如果给比奈子发短信的话，大家都会与我为敌……”

比奈子心中想象的事情，真的发生了，虽然这不得不使人伤心，但是比奈子知道，步美并非特意让自己伤心才说这些，而是，步美在拼命地道歉。

“远藤先生来邀请时，我也犹豫了。我害怕遭到那些素未谋面的人憎恨。所以可以说我是被弘树拉来的。他一直让我给你发短信。”

“这些就不用说了。”弘树嘟哝道。

“对不起，我这样说。可是，到这里来，我实际看到条幅后，觉得这种事情简直不可原谅。原来卑劣这个词就是用来形容这种事情的。”

步美瞪一眼里子。里子用鼻子“哼”了一声，但步美也不答理，继续对比奈子说：

“什么都没能为你做，我感到非常内疚。于是拼命地撕那些条幅。我之前干的这些事情很难让人原谅对吧。比起这个阿姨，作为朋友的我，什么都没做，这更加卑劣——真的，对不起。”

比奈子把手伸向双肩不断颤抖的步美。

“别道歉了。我非常高兴。”

比奈子哭了，步美哭了，两人相抱在一起痛哭流涕。站在一旁的良幸拜托启介帮忙叫出租车。启介答应了，随即从口袋里拿出手机。

“等一等，不是还剩一半吗，我们撕完再走。”

“今天晚上，你们能来，对我们而言就已经足够了。是你们拯救了我们。房子像这样已经没关系了。真的非常感谢。”

良幸恭恭敬敬地从弘树手中接过垃圾袋，低头行礼。

看着乘出租远去的步美和弘树，比奈子和良幸一次又一次地行礼致谢，挥手作别，直到车消失在夜色中。

【七月五日（周五）晚八点二十分——七月六日（周六）零点四十分】

Part 8 观览车

凌晨一点四十分——

剩下六人：远藤启介，远藤真弓，高桥良幸，高桥比奈子，高桥慎司，小岛里子。

——全都是住在“云雀之丘”的人。

“有些事情，我想向远藤先生您请教一下。”

良幸对启介说。

“听慎司说，事发当晚，从家出来准备去便利店时，看到了您。如果您在那前后听到了父母的对话，或者什么东西的声音，能告诉我们吗？”

“虽然不是很清晰，但你父母的对话我的确听到了。可是，真的只是普通的对话，我真的无论怎么想，都跟事件联系不起来。中途窗户被关上了，我想在那之后可能又发生了些什么——对吧，小岛太太。”

“我？别说这么难听的话哟。我怎么会偷听邻居家的对话呢。”

“那你就回去吧。我接下来要跟良幸君他们讲那晚发生的事情，你是完全的局外人。真弓也回去吧。”

“等一下。我那晚在便利店遇到了慎司，我一直很担心，我有权利一起听。”

真弓看看慎司，慎司低着头一言不发。

“等一等。我也要听。那天晚上，我也并非什么都没听到。只是，我觉得作为礼仪，装作什么都没听到最好。要判断远藤先生讲的事情是否正确，我在会更好。而且，这么重要的事情，你们打算站在这路边讲吗？你们各自的房子现在都不能接待别人吧。远藤先生家已经脏得不像样了。大家到我家来吧。”

里子口若悬河，说完后没人反对。夫妻俩、兄弟姐妹们面面相觑。

“等一下！”

彩花摇摇晃晃地从家里走了出来。

“我也去。这件事情也给我添够了麻烦，我有权利听。”

彩花已从睡衣换成了T恤和牛仔裤。

“那就走吧。”

里子领着七人往自己家走去。

“……看热闹的。”

跟在最后的慎司呢喃一句。比奈子停住脚步，转过身来。

“这个我也明白。我跟哥哥也都觉得他们左一个权利，右一个权利的，像傻瓜一样。不过，现在只能这么办。听好了，今后可能经常会发生这样的事情。对那些装成伙伴的模样，前来凑热闹的人，千万不能放松警惕。我们只把自己想知道的问出来就行了。不要流露过多的感情。像刚才那样小声地说也不行，明白了吗？”

比奈子压低声音，说完后，拍了拍慎司的后背。

——刚才在闹什么，真不像话。

——对不起。小慎马上要模拟考试了，好像心情比较急。

——都是你一天叫他学习，学习，压得太猛了。

——可是，现在不正是最关键的时候吗？

——高中嘛，读哪里不一样吗。

——不行哟。要去医学部的话，必须考上N高中。良幸不也是这样的吗。

——那是良幸自己选的。医学部也是。我从没跟孩子们说过，要他们成为医生。而且话说回来，为什么家长是医生，孩子就必须成为医生。比奈子也完全没在这方面逞强。慎司运动又好，长相也好，脑袋也不笨，让他当个偶像明星不是很好吗？

——你说这话是认真的？

——对。

——良幸君考上医学部时，你不是很高兴吗？还说“不愧是”。

——对，不愧是我的孩子。因为我的脑袋没好到在数学大赛上获得这么大的奖杯。

——小慎努力的话，也能行的。

——能这样当然好，可是不需要拼命学到那种疯狂的状态。

——你这什么意思？

——意思是慎司就算了。

凌晨两点——

在小岛家的会客室里，启介将当晚吵闹后听到的弘幸与淳子的对话，边慢慢地回忆，边跟大家重现。

“在那之后，窗户的门关了，听不到任何声音。”

“就这些？”

真弓问，启介点点头。

“即便是语气再强些的对话，也肯定在某处触及了要害。”

在说之前，就说了只是普通对话，也许因为自己是男性，所以不能理解，如果是真弓的话，也许能理解淳子的心情和动机吧，启介怀有少许期待，可是真弓好像也跟自己一样，完全摸不着头脑。

启介看了看里子，她似乎没有需要修正和添加的。

进屋时，启介向里子要了一杯水。里子端来了所有人的份。那是启介从未见过的矿泉水瓶，还有一看就非常昂贵的玻璃杯。

室内造型简单，没有豪华的气派，但看得出每件装饰都经过精挑细选。一家三人坐上去都还大得绰绰有余的沙发，也全是用软皮革制成的。虽然里子的手工人偶和挂毯有些多余，这确实是“云雀之丘”才有的家。

里子的“云雀之丘理论”，如果在这里听到的话，也许会有不一样的理解。

启介看了一眼坐在对面沙发的高桥家的孩子们。排排坐的三人都面无表情，一语不发。也许是爬坡累了，嗓子渴了，比奈子打开矿泉水瓶盖在三个玻璃杯里倒上等量的水，三人就各自拿起杯子，喝了起来。而最先提出要水的启介，此刻却还在犹豫要不要碰那水杯。

真弓和彩花都将手放在膝盖上，一动不动。即便在家里时，各自在考虑些什么彼此都理解不了，但一到外面，一眼就能看出三人来自一家。

“坡道病。”

彩花小声说道。

“普通意义上的人在奇怪的地方逞强生活的话，渐渐地会感觉足底开始倾斜。不用尽全身力气站稳脚跟的话，就会摔倒。可是，这样的意识越强，坡道就越来越倾斜……淳子阿姨可能已经到极限了？”

彩花看一眼慎司，他正坐在哥哥姐姐之间，弓着背低着头。彩花不由得想摇头。

自己曾经那么喜欢的，真的是这个人吗?

每天早晨，穿着知名学校的校服出门的慎司。在篮球场上奋力拼搏，沐浴在女孩们的欢呼声中的慎司。虽然就住在自己家对门，可是连轻松大声招呼都做不到，是因为感到自己与慎司实在不在同一个档次上。如果自己能穿上S女子学院的制服的话，如果自己也能住上跟慎司家一样大的房子的话，应该就不需要忍受这样的痛苦。

而现在在自己眼前的，却是一个全身心充满了不安，强忍着大声呼叫，充满了悲伤，完全不可靠的男孩。跟高木俊介也一点儿也不像。为什么我会喜欢这样的人。

为了不从坡道上跌倒下来，拼死想保持平衡，站稳脚跟。可是，这期间自己的身体却歪了。因为自己并没有注意，所以被人只是轻微从背后拍一下，便失去平衡，跌倒在地。

“你也是这样。”

彩花看了看母亲。她听了事发当晚的对话再现后，好像一副十分不理解的表情。她不能理解的，不只是女儿的心情。

“你刚才不就因为小小的事情就爆发了吗？引起这个的关键是什么？老爸听到的那些对话，没有哪一部分，哪一句话能够引起杀意的。可是，即便如此，成为这最后一击的，对阿姨来说，肯定是有的。”

母亲也许也是为了不从坡道上摔倒，而一直在拼命保持着站稳脚跟的姿势。

而给她背上最后一击的人，就是我。

真弓仿佛突然醒悟一般，抬起了头。

“对。也许真的正如彩花所说的。并不是今天突然就成这样的。淳子太太肯定也——”

“请别说了。”

良幸止住了真弓的话。

“将事发当晚的事情告诉我们，我们很感激。但是，请不要随意猜想我们母亲的想法。不管别人怎么想，母亲的事情只有她本人知道。我们几个孩子也不知道。今天谢谢大家了。”

说完，良幸朝启介深深地低下头敬礼，又转向里子。

“由于我们家的事，给‘云雀之丘’的各位邻居添了麻烦，我在这里深表歉意。不过，我们，尤其是弟弟妹妹都生在这里，长在这里，没在别的任何地方生活过。请至少在他们都独立之前，让他们住在这里。拜托您了。”

坐着的良幸，深鞠了一躬，额头都已触到膝盖。这才发现自己的肩膀在不停颤抖。回到“云雀之丘”，他这才深切意识到出了事情的果真是自己家，连在自己成长的这个家中生活，都变得困难了起来。

“拜托您了。”

比奈子也低下头。慎司也紧随其后低下了头。

可是，三人根本没做任何坏事，哪怕是引起这事件的母亲，也没给这些人添任何麻烦。所以，绝不是简单地把谢罪的话挂到了嘴边，只是秉持着自尊低下头颅而已。

“好了。抬起头来吧。我明白你们的心情了。‘云雀之丘’的事就交给我。我去说服妇女会的那群人。今天已经累了吧。好好休息，如果不嫌弃，你们可以住在我家。”

里子说完后，良幸慢慢抬起头。以为里子会是一副自我满足的表情，但事实上却并非如此，里子的表情看上去，是发自内心在关心自己。

“谢谢您，有您这份心意就已经够了。”

如果弄不好，说不定只会遭人怜悯。冷静思考一下，眼前这位是自己熟知的，在“云雀之丘”最有发言权的，最能依靠的小岛阿姨。

得到了她的许可，虽然并非说就能完全安心。但至少，不会再发生被贴条幅的那种事情。

这样一来，就能够回家了。

凌晨两点四十五分——

离开小岛家后，大家各自回家，良幸微微点头作别，比奈子和慎司往这边看都没看上一眼。

玄关门打开后，彩花和启介先进去了。

关门前，真弓又转身看了看高桥家的房子。中伤条幅还残留着。三个孩子都没理会直接打开大门，走进黑糊糊的房子，突然又停下了脚步，不知在叽里咕噜说些什么。不一会儿，慎司跑了过来。

“不好意思，这么晚才还给您。”

说完，将折叠好的一万元双手递给了真弓。

“啊，特意送来。”

真弓接过钱。

对啊，我就是在担心这个。开着车满大街找寻慎司，与此刻居然发生在同一天里。

“谢谢您。”

慎司很快道完谢，笑了笑，转身离开。

太好了，平安无事地回到家来。

目送完慎司远去的背影，真弓也回到家中，锁上大门，然后将启介和彩花的鞋子摆齐。

真弓走进厨房，想把刚从慎司那里拿到的一万元收起来，于是打开挂在墙上的手提袋，发现手机在闪。来了一条短信。晚上八点，来自“新鲜斋藤”一起打工的同事美和子。

——你好，我有条大新闻哟。晶子小姐居然是“云雀之丘精英医生被杀事件”的嫌疑人的妹妹哟。我家孩子居然跟嫌疑人是一个年级的哟。真可怕。不过，晶子已经辞职了，我也可以暂时安心。据说是因为她有喜了，可真是这样吗。好了好了，明天再见。

根本没有什么可怕。晶子什么也没做。为什么美和子不考虑一下，在这样贬低别人的同时，什么时候自己也有成为加害者或者加害者家人的可能。不过，晶子辞职的理由是因为有喜，这太好了。去看望看望她吧。她会认为我是一时兴起才去的吗？不过，现在的我，哪怕只能帮上她一点点儿忙也好。

真弓删掉短信，将手机放回口袋。透过厨房的玻璃往客厅里一看，启介和彩花都懒散地躺在沙发上。

“给我一杯水吧。”

“我也要。”

发现真弓在厨房，两人说。真弓从冰箱里拿出矿泉水。那是在“新鲜斋藤”买的，可以免费添加的矿泉水。真弓将它倒进杯口厚、价格便宜的玻璃杯，放到桌上，启介和彩花端起就咕噜咕噜地喝起来，真弓也在沙发上坐下，喝了一口凉水。

刚才的恶臭还没散去。窗户还大敞开着，那破了玻璃的窗户还看得一清二楚。可是，启介只字未提。

“说起来，那兄妹三人还真不知好歹。我们好心好意地帮他们，他还说不许随便猜想他母亲的心情。什么意思嘛，以为他是谁呀？我那样已经是很客气了。”

彩花“咚”的一声放下水杯。彩花在小岛家说的话，真弓也大吃了一惊。彩花想表达的意思，真弓已经深切理解了。与此同时，那并非在猜测淳子的心情，而是彩花自己的真实想法。真弓这才总算感觉明白了彩花之所以常闹别扭的缘由。

“话说回来，我跟老爸，必须什么时候出去呢？”

“出去？”

启介立起身来。

“这个人说，她想一个人住在这里。”彩花用下巴朝真弓的方向顶了顶。

“这个……”

被彩花这么用下巴一顶，真弓有些饶舌。的确这么说过——

“不是吧。”

一下就被启介否定了。这么突如其来的分居宣言，却不见启介有紧张的模样。不过，他也没像平常一样充耳不闻。

“维持现在的生活就已经很紧张了，哪里还有钱出去住哟。即便把这个家卖了，剩下的也都只有一大笔欠款。不管再怎么讨厌‘云雀之丘’，再怎么不喜欢这个家，三个人住在一起再怎么不愉快，那也只有这个地方可以回呀。在今天这种最糟的状况下，三个人也能聚拢起来，这不说明将来无论发生什么事，也能克服吗？”

启介说完后，喝了口水，又懒散地躺回沙发上。

彩花一言不发。可是，也不见回自己房间的意向。弓着背躺在沙发上，望着天花板。

真弓也默不做声。安静得只听见时钟跳动的声音。一夜过去后，又回到跟往日一样的生活中去。周六了。“新鲜斋藤”一定人头攒动，热闹非凡。彩花也多半还会不时闹脾气。今天说了些像模像样的话的启介，也会回到那“万事不关己主义”去。即便如此……

“这是什么。”

彩花发现了放在桌边的一个纸袋。上面是著名巧克力店的商标。又是里子拿来的吗？

“啊，那个是今天的客户送给我们的手工蛋糕。就是刚才来的那些孩子家。我说我家也有女儿，那家主人就送我了一些。”

启介回答。彩花取过纸袋，往里面瞧。

“嗯，吃吃看，不过，都这么晚了，要吃了长痘痘可就不妙了……喂，那我们一块儿吃吧。”

说着，彩花左右看了看启介和真弓。

“好吧，那，我去倒点儿红茶来。”

真弓急忙站起身来。没问题。即便三个人在这里生活，今天都克服了，明天、今后也一定能够克服。

凌晨三点——

不敢进案发现场的一楼客厅，二楼比奈子和慎司的房间玻璃又被砸坏了，三人只好聚在良幸的房间里。

比奈子本想打开房间的电灯，可又放弃了，懒散地坐到床上。外面有些声响，是不是这附近的人都知道我们回来了。至少今夜让我们三人缓一口气吧。

“还是怪我。”

弓背坐在门前的慎司忽然小声地开了口。

“我还稍稍期待过，能从对门叔叔口中听到更意外的对话，他们为了钱或者为了外遇而争吵，但，是我最不想听到的……”

“是妈妈的错，你也知道。都结婚二十多年了，还跟以前的妻子争风吃醋。”

“真的是这个原因吗？跟已经死了的人争有什么用？这点母亲她自己也清楚吧？”

坐在课桌前的良幸说道。不知道他的眼神在看哪里，也看不见他的表情。眼睛渐渐习惯了黑暗，只听到各自的声音在房里回响。

“直接是不可能的。所以，才用孩子来较量，不是吗？看看到底谁能生出更让爸爸高兴，让爸爸骄傲的好孩子。妈妈如果对检察官说出这个动机的话，说不定连哥哥和慎司都会被媒体曝光。”

比奈子长叹了口气。

在听远藤启介重现父母的对话时，比奈子就拼命地压制着想要叫出来的冲动。对话中的不管哪一点，都感觉跟事件关联不上。

母亲知道了自己辛苦养育的儿子无法跟前妻的孩子相比，一定感觉自己很失败。之所以会打人，或许是因为正好看到了丈夫褒奖过的前妻儿子的奖杯，一时冲动。可是，父亲说“算了”的心情也能理解。虽然对孩子们口头上说，只要做自己喜欢的便是，但心底里应该或多或少还是有些期望。可是竟然，在偶尔提前回家时，目睹到这么不像话的争吵，于是猜想，难道一直都是这样吗，因此产生了绝望的心情。

发生跟对门家同样的喧闹，最绝望的也许应该是母亲。她看到了慎司的极限。这时又从丈夫的口中听到放弃的话，一定感觉自己这十几年来的人生遭到了全盘否定。

那么，我算什么呢?

坡道病——彩花所说的。脚底倾斜的感觉。一心想站稳脚跟的同时，没发觉自己身体也渐渐倾斜，稍微一点儿事就可以让人跌倒。母亲不怎么跟自己的亲戚交往。哪怕是晶子姨妈，也基本上未到过“云雀之丘”这个家。也许是因为从坡下面爬上来，跟类似小岛里子这样的人一起生活，必须拼命地站稳脚跟，才能以免摔倒。还是该偶尔做点儿泡面来吃的……

比奈子从未有过脚跟倾斜的感觉。只是，觉得延续在这黑暗中的未来道路并不会一帆风顺。不过，不想用彩花的语言来形容现在的状态。如果那孩子不闹脾气，慎司那晚的吵闹也只会被当成一时冲动看待。而且，那晚慎司之所以会那样，也是因为白天听到了她说的那些莫名其妙的话。

权利，权利，权利，大言不惭，边叫嚷着，边穿着鞋跑进别人家来看热闹的一家人。虽然非常高兴他们带来了步美，但说实话并不觉得感激。他们那不太幸福的一家，不就是想着借对门家出事的机会，修复自己的家庭吗?换句话说，我们是被利用了。

不过，现在没工夫为这事生气。接下来要克服的困难不只这么小的事情。

所以，当哥哥对那家说“请不要随便猜测我母亲的心情”时，我非常高兴。

“我不理解。为什么会为了这么点儿事情就打人。”

良幸呢喃一声。

“不单是慎司，父亲也许对家里所有的孩子都没抱太大的期望。自己的事情就已经够他忙了。也许根本没时间像母亲一样，把孩子当做自己的分身。我将来多半也会如此。如果母亲的动机真的只是那样的话，我觉得我一辈子都无法理解。可是……即便如此，我这个让她产生了杀人动机的女人的孩子，她都辛勤地养育长大了，这一点永远都是不争的事实。”

“还是我的错。”

慎司压低嗓音。

“辜负了母亲的期望。为一点儿小事就大发脾气，都是我的错。求你们了，原谅她吧……”

慎司强压住声音，不做声地哭泣。我的错——用在家庭餐馆里时同样的话语责备着自己。为了什么而回到“云雀之丘”？到底是想知道什么?

真相只有一个。那就是悼念的人、责怪的人、安慰的人，全都是自己的亲人，仅此而已。

“别说什么原谅不原谅，这绝不是用在亲人之间的话。无论各自是什么样的情感，我们都必须一直是一个家。我虽然也还有很多想法，但是不希望家人之间互相指责。

“家庭内部的事情，根本不需要外人裁决。事实的真相，只有我们亲人之间知道就行。一起思考好今后该怎么办吧，明天三人一块儿去见母亲。”

良幸说完，大家都点点头。仿佛是送报员来了，只听走走停停的摩托车声传来，这才发现黎明已经降临“云雀之丘”。

【七月六日（周六）凌晨一点四十分——凌晨四点】

周刊“云雀之丘精英医生被杀事件”的真相

——被杀害的高桥弘幸，平日对孩子的教育要求一向严格，尤其是对明年春季参加中考的二男S君。他将二楼角落里的书房叫做“手术室”，每夜严格指导S君学习到深夜。S君在知名私立中学念书，成绩优异，但是弘幸想让儿子跟自己走同样的医学道路。这样的心情，已几近变态般的执著。S君在学校篮球队里担当主力前锋，可是弘幸觉得这会影响学习，强烈要求S君退出。比赛当天，邻居在垃圾站里发现过S君的篮球用品。

事发当晚，正好是模拟考试前一日，弘幸又更加严厉地指导

S君学习，S君感到头痛难忍。据学校相关者证实，S君当日从学校早退。可是，弘幸认为，头痛只是S君不想学习的借口，全然不听。无法忍受的S君突然忘我地大叫。为了制止S君，弘幸走下楼，去客厅取高尔夫球杆。其妻淳子发现事情不妙，试图阻止，可弘幸充耳不闻。于是淳子立即拿起书架上的奖杯，从后面砸了过去。

杀死了丈夫的淳子让还未知情的S君去便利店。S君离开家，在便利店待了二十分钟后，回到家中。这时，门前已停有救护车和巡逻车，S君一时感到害怕，情急之下逃走。第二天，与自己的哥哥、姐姐会合。

“我差点儿对一切都心灰意冷。是母亲救了我，但她却为此犯了罪。请无论如何也救救我母亲。”

偶像明星般面容的S君泪流满面地对记者说道。

【小岛里子4】

哎呀，小松呀，好久不见。你打给妈妈，还真少见。有什么想要妈妈寄过去的吗？

你查了“云雀之丘精英医生被杀事件”？这样呀，这边已经完全恢复原状了，鸦雀无声。

跟妈妈说的不一样？哎呀，我说过什么呢。那时，我可能感情用事，说了些容易引起误会的话。当然是小松你查出来的正确哟。

你说孩子们在说谎？你多疑了。那家丈夫，真的很可怕。被害者当然是淳子啦。人家家庭内部的事，当然只有人家家人之间才知道。

叫声？对对，妈妈跟你说过，那是隔壁家的。蜂鸣器也派上用场了。要不是它，说不定还真出大事了呢。不愧是小松，这么远都还惦记保护着妈妈。不过，现在隔壁家也安静下来了哟。

你还是不能回来吗？算了，没关系。妈妈现在比较忙。在当高桥家的代理保护人。不过，开心的事情也很多。最高兴的是明天有高木俊介的演唱会。我还买了新衣服哟。不过，可惜跟小挎包不搭。没办法，只好背别的包去。

还有，我最近才知道，后年，在海边要建一个观览车。小松，你也喜欢吧。到它建成的时候，你也回来吧。

已经不是喜欢坐观览车的年龄了？你在说什么哟。这可是日本第一高的观览车哟。我都很期待坐坐看呢。

哪怕是常年住惯的地方，转上一圈，再回到地面时，同样的景色或许也会看上去不同吧。

真想跟小松一块儿坐。